リュート

ill. 鍋島テツヒロ

目覚めたら最強装備と宇宙船持ちだったので、一戸建て目指して傭兵として自由に生きたい

2

口絵・本文イラスト
鍋島 テツヒロ

装丁
coil

CONTENTS

プロローグ

眩《まぶ》しくて目が覚めた。

目に飛び込んでくるのは光の奔流。前から来て、後ろへと流れ去っていく青白い光の回廊。上下左右、全《すべ》てが流れ去っていく光の奔流だけで構成されているのだ。目指す先にあるのは一点の輝き。視界を埋め尽くす光の奔流と同じ色の眩《まばゆ》く輝く恒星の輝きである。

「ちょっと、寝てんじゃないでしょうね？」

左斜め後方から不機嫌そうな声がする。はて、これは誰《だれ》の声だったか？　そもそも、ここはどこだろう？

何らかの情報を表していると推測できるホログラムでできたディスプレイ。いくつものボタンがついた操縦桿《そうじゅうかん》のようなもの。それといくつかの計器。先程から見えている光の奔流は俺の真正面に広がる大きな……これもディスプレイだろうか？　映像にしてはリアルな気がするが。

「ヒロ様？」

心配するような声が聞こえてくる。ヒロ様？　俺は、俺の名前は佐藤孝宏《さとうたかひろ》だ。ヒロ様なんて名前じゃない。でも、この声には聞き覚えが。

誰かが近づいてくる気配がする。

「いでぇっ⁉」

脳天に衝撃が走った。とてもいたい。

「コックピットでうたた寝とは良い度胸ね……？」

「エ、エルマさん、暴力は……」

激しく痛む頭を押さえながら振り返ると、俺にげんこつを落としてきた人物と、その後ろから心配そうにこちらを窺《うかが》っている人物の姿が目に入ってくる。

「あー……思い出した」

「何をよ？」

いかにも怒っています、という表情で俺を見下ろしている女の名前はエルマ。長くて尖《とが》った特徴的な耳を持つ美人で、胸部装甲は控えめ。髪の毛の色は透き通るように色素の薄い銀髪。肌は白く、きめ細か。身体的特徴はどこからどう見ても紛《まご》うことなきエルフだ。

ただし、衣服はちょっとサイバーチックな傭兵《ようへい》風。更に腰には無骨なレーザーガン。尖った耳と美人であること以外はエルフらしさが皆無の残念なやつである。

彼女が俺の船に乗る経緯については……まぁ、概《おおむ》ね不慮の事故と言って良いだろう。大規模な賊の討伐中に彼女の船が暴走し、帝国軍の戦艦に突っ込んでもろとも大破したのだ。色々あって賠償金を一部肩代わりした俺に莫大《ばくだい》な借金をすることになり、その返済のためにクルーとして俺の船で働いている。

「二人のこととか、色々」

「私達のことを忘れてたんですか……？」

エルマの陰からひょこりと顔を覗《のぞ》かせた少女が悲しそうな顔をする。

「いや、寝ぼけてな」

エルマの陰からこちらの様子を窺っている少女の名前はミミ。

明るいブラウンの髪の毛に同じく明るいブラウンの瞳《ひとみ》を持つ可愛《かわい》らしい女の子だ。今はエルマの陰になって見えていないが、その胸部装甲は戦艦並みである。つまりとってもおおきい。身体《からだ》の大きさは駆逐艦級なのに。

彼女もまたエルマと同様に俺の船のクルーである。彼女が俺の船に乗ることになった経緯もまた借金絡みのようなものだ。とは言っても、エルマと違って彼女に責任があるような類のものではない。

彼女が背負っていたコロニーに対する莫大な賠償金を俺が肩代わりして、頼る相手の居ないミミを船のクルーとして引き取ったのだ。その賠償金というのもどうにも汚い大人の思惑が見え隠れするようなものだったんだけどな。実際に彼女の両親に責任があったのかどうかも怪しい。

ただ、その金額は一般人にとっては莫大な金額でも、傭兵の俺にしてみたらちょっとした金額でしかなかった。厭味《いやみ》ったらしい役所の職員を札束ビンタで黙らせ、見事俺はミミを彼女の住むコロニーから連れ出すことになったわけだ。

ミミ一人を養うくらいは俺の稼ぎからすれば難しくないのだが、だからといって何もさせないというのもよろしくない。というわけで、彼女は今この船のレーダー観測手や通信手などを兼任するオペレーターとしての訓練を積んでいる最中である。

「寝ぼけてたとはいえ薄情な野郎よねー。私達二人をとっかえひっかえ好きにしておいてさ」

「とっかえひっかえってお前ね……人聞きが悪いことを」

「事実よね？」

「否定はできないな」

そう、二人とはそういう仲だ。

この世界には地球の日本で過ごしていた俺には到底理解できない、想定もできないような妙な仕《し》来《き》りや文化《た》、一般常識というものがいくつかあるらしい。勿論《もちろん》俺もまだ全貌《ぜんぼう》を把握していないのだが、その妙な常識の一つに『男の船に乗る女は一般的にその情婦として見られる』というものがあった。

意味がわからないだろう？　俺も意味がわからん。だがそういうものらしい。この世界がどのような歴史を歩んできたのかは俺はまだ知らないが、そういう文化や常識が育まれる経緯が何かしらあったのだろう。そうなのだと言われてしまえばそういうものなのだろうと納得する他ない。

彼女達は、勿論そういう常識を理解した上で俺の船に乗ることを決めた。いや、二人に関しては正直ほとんど選択肢がなかったわけだから、理解したというよりは甘んじて受け入れざるを得なかったというのが正しいだろう。

対して、俺はそんなことは深く考えずに彼女達を船に乗せることを決断した。それは単に同情であったり、クルーとしての能力を欲したという打算であったりしたわけだが、俺から彼女達に『俺の船に乗れ』と言ったわけだ。つまりそれは『俺とそういう関係になれ』と言うのと同義である。

俺がそう発言した時点で俺にそのつもりがなくとも、彼女達はそう取る。それが常識だからだ。

しかも状況も状況だ。どちらも金に困っており、俺の提案に乗らなければ貞操の危機と破滅が約束されていたような状態である。

ミミは身寄りもなければ自分の身を守る力もなく、俺の提案に乗らなければスラムじみた場所でチンピラどもに玩具《おもちゃ》にされ、娼婦《しょうふ》としてこき使われ、いずれ野垂れ死ぬような状況。

エルマは賠償金が支払えず、傭兵を目の敵《かたき》にしているであろう宙賊の男どもがわんさかといる監獄コロニーにぶち込まれる寸前。この世界では犯罪者をぶち込む房を男女で分けるなんてことはしないらしい。当然、そのような場所で彼女を待つのは物理的、性的な暴力の嵐《あらし》であろう。

そんな状況から助け出された二人が俺の船に乗るわけだ。彼女達としては俺に関係を迫られれば断れない。ミミにいたっては俺に捨てられればその時点で詰みである。エルマは借金さえなければなんとか生きていけそうな気もするが。

長々と話したが、そういう経緯があって二人とはそういう関係なのである。客観的に見ると、借金のカタに貞操を差し出させるというド畜生だよな、俺。まったく否定はできない。

だが、考えてみて欲しい。ロリ巨乳の美少女や見た目は完璧《かんぺき》な美人のエルフが恥じらいながらも納得済みで自分から身を差し出してくるのだ。そんな状況で手を出さない男がいるだろうか？

いるのかもしれない。ああ、そういう人はいるのかもしれないな。

でも俺は無理だね！　いっちゃうね！　俺はそういう時には下半身でものを考えちゃう健全な男だからね！　むしろそんな状況で手を出さないとかどんな聖人君子だよ。悟りでも開いてるのか？

俺はゲームとかでもエロい選択肢があれば迷わずそっちを選んじゃう男なんだ。すまんな。

「でも、嫌なら――」

「嫌だなんて言ってないじゃない」

「嫌じゃないです」

二人揃《そろ》って食い気味に言われた。エルマは顔をほのかに赤くしてそっぽを向いており、ミミは真剣な表情でこちらをじっと見つめている。

「わかった。二人とも愛してるよ」

「はいっ！」

「そ、そう」

俺の言葉にミミは満面の笑みを浮かべ、エルマは照れくさそうに俯《うつむ》いた。うん、二人とも可愛《かわい》いな。

☆★☆

さて、そろそろしっかりと自己紹介をしておこう。

俺の名前は佐藤孝宏、今はキャプテン・ヒロと名乗っている。

今、俺が乗っている船は【ＡＳＸ‐０８ Ｋｒｉｓｈｎａ】という型番の小型戦闘艦だ。これは恐らくこの世界に一隻しかないユニークな船で、俺はそのまま『クリシュナ』と呼んでいる。

今、俺がいる場所はガーナム恒星系からアレイン恒星系へと向かうハイパースペース内だ。ハイパーレーンやハイパースペースの話は後回しにするとして、まずは俺の居るこの世界の話をしよう。

俺が今存在するこの世界には恒星間航行技術が普及しており、人々はとうの昔に惑星の重力圏から離脱し、星の海にその生息圏を広げている。つまり、バリバリのＳＦめいた世界というわけだな。

気がついたら、俺はそんな世界に放り出されていたわけだ。この船、クリシュナと一緒に。

このクリシュナ自体は俺がこの世界に来る前からの付き合いだ。ああいや、別に元の世界でこんな宇宙船を乗り回していたわけじゃない。つまりそれは、ゲームの中での話ということなのだ。

この世界に来る前、俺はSOL《ステラオンライン》という名前のオンラインゲームにハマっていた。超広大な銀河を舞台として宇宙船を駆り、冒険をしたり戦闘をしたり、交易でお金を稼いだりと自由に色々と遊べるゲームだ。

俺が今乗っているクリシュナはそのゲーム内のイベントで手に入れ、俺が乗り回していたユニークな船だったのだ。ここまで話せば察しの良い人はわかるかもしれないが、俺が迷い込んだこの世界はSOLに酷似している世界なのである。

何せ、流通している船や商品はSOL内で見覚えのあるものが多く、民間輸送船などを襲う宙賊どもや、見境なく有機生命体を襲う結晶生命体などの敵対的な存在もSOLのそれとほぼ変わらないのだ。

だが、全てが同じというわけではない。

SOL内には存在しなかった船や商品なども見かけるし、銀河地図《ギャラクシーマップ》を眺める限りではSOL内で俺が知っている恒星系の名前は見当たらない。周辺星系を支配している複数の銀河帝国の名前にも聞き覚えがない。

つまり、一部の情報だけがSOLと一致し、その他の情報は未知のものという実に悩ましい状況なのである。SOLの銀河は広く、サービス開始から四年が経過した今になっても銀河中心部に到達したというプレイヤーは存在しない。今俺のいる場所が銀河の中心部を挟んだ反対側だったりすると、俺がこの周辺の情報を知らないのも当たり前といえば当たり前なのだ。何せ誰もまだ到達していないのだから、当然俺が知るはずもない。

念のため太陽系が存在しないかも調べてみたが、見つからなかった。これはＳＯＬ内でも見つかっていなかったので、そもそも存在しないのか未発見なのかはわからないのだが。

兎《と》にも角にも、そんな状況に放り出された俺は途方に暮れた。幸い、クリシュナを動かすことは問題なくできたので、ＳＯＬでもそうしていたように傭兵としてこの世界で生きることにした。最初からクリシュナにあった積荷が売れたおかげで金はそれなりにあったが、それを食いつぶしてダラダラと生きても仕方がないだろう。原因はわからないが、折角ドハマリしていたゲームのような世界に来たのだ。楽しまなきゃ損というものである。

そして俺は傭兵となり、成り行きでミミやエルマと出会い、傭兵として宙賊を狩り、同じく傭兵として宇宙帝国同士の小競り合いに参加して活躍した。

しかし活躍しすぎたのがいけなかった。美人だがヤバそうな雰囲気を放つ帝国軍人のお嬢さんに目をつけられ、熱烈に帝国軍に勧誘され、そのままで居るとなし崩し的に帝国軍に入れられてしまいそうだったので逃げてきたわけだ。自由を求めて。

なぁに、俺達は自由な傭兵という立場だ。仕事を求めてどこかに移動しようとも誰かに咎《とが》められる筋合いはない。もしかしたら帝国軍からの印象は悪くなるかもしれないが、別に軍と関わらなくたって傭兵は稼げる、問題はない。問題はないとも。

ちなみに、この船に乗る三人にはそれぞれ目標がある。

俺の目標はこの世界の安全な惑星上居住地の一等地に庭付きの一戸建てを買うことだ。理由は色々とあるのだが、その最たる理由は思う存分炭酸飲料をかっ喰《く》らいたいということである。

意味がわからないって？　さもありなん。それを説明するにはまずは何故《なぜ》かこの世界に炭酸飲料というものが見当たらないということを説明しなければ――どうでもいい？　しゅん。

とにかく、俺の目標は惑星上居住地に庭付き一戸建てを買うことである。しかしここグラッカン帝国では惑星上居住地に家を持つには上級市民権を得る必要があり、その上級市民権の購入代金を含めると庭付き一戸建ての購入代金はなんと数億エネルもかかるらしい。舐《な》めてんのか高すぎるわ。

そういうわけで、俺の目下の目的はこの世界を楽しみつつ傭兵稼業での金稼ぎということになる。

そして次にミミの目標だが、彼女の当面の目標は銀河中のグルメというグルメを味わうことだ。この広い銀河には俺達の想像もつかないような不思議で美味《おい》しいものがたくさんあるという。それを食い尽くす。それがミミの目標だ。シンプルかつ遠大な目標だな！　勿論俺もそれに付き合う予定だ。ミミの宇宙グルメの一つに炭酸飲料を入れることが俺の密《ひそ》かな目標でもある。

最後にエルマだが、エルマの目標は当然俺に対する借金の返済と、再び独立して傭兵になるための資金稼ぎである。

俺に対する彼女の借金は３００万エネル。日本円に換算するとおよそ1エネルあたり１００円ほどなので、日本円にして約3億円。大金だ。とは言ってもこの前のターメーン星系における帝国と連邦の小競り合いの際に26万エネルほどの金額をエルマの取り分として渡したので、このペースだと一年もしないうちに全額返済するかもしれないな。

まぁ、借金を返しただけでは傭兵として活動するための宇宙船を購入することはできないだろうから、借金を返し終えてもしばらくはうちのクルーでいることになりそうだけど。

俺達の状況としてはこんな感じだ。

今は帝国内でも医療技術がとても進んでいるというアレイン星系へと向かっている。

この世界の常識を知らない俺はカバーストーリーとしてハイパードライブ中に事故を起こし、その影響で記憶があやふやになっているということにしてあるのだ。実際にはゲームの世界のようなところに迷い込んできた異世界の人間といったところなのだろうが、そんなことを言いふらして歩いたらただの変な人だろう。なのでそういうことにしてあるのだが、その設定を聞いたミミとエルマが心配して、一度医療設備が充実しているコロニーで詳しく検査をしたほうが良いと提案してきたのだ。

その提案に乗らないのも不自然だし、俺自身も今の自分の身体がどうなっているのか知っておいたほうが良いと思ったのでその言葉に従うことにした。実際、異世界転移だかなんだか知らないが妙なことになっているわけだからな。身体に何か異常がないともかぎらないわけだし。

そういうわけで、いま俺達は自由と医療技術を求めてアレイン星系へと向かっている。自由と医療技術を求めて。大事なことだから二回言っておくぞ。決して俺を勧誘しようとする帝国軍のお嬢さんから逃げるためというわけではない。いいね？

#1：アレイン星系の交易コロニー

さて、アレイン星系は二つの居住可能惑星と三つの研究コロニー、そして更に一つの交易コロニーを抱えている非常に栄えた星系である。

ターメーン星系のような大規模な小惑星帯は存在しないが、研究コロニーで開発、生産されているハイテク製品の輸出とそれらのハイテク製品を作るための原材料の輸入が盛んに行われており、交易船の行き来が非常に多い。

当然、それらを狙《ねら》う宙賊どももそれなりに集まってくる。

帝国にとってもここは重要な場所であるわけで、帝国軍による宙賊の取り締まりもかなり厳しいようだ。それでもこの広い恒星系に現れる全《すべ》ての宙賊を取り締まれるわけではないらしい。傭兵《ようへい》としての仕事もそれなりにあるということである。

「以上がアレイン星系の概要ですね」

「ぶらぼー」

タブレット片手にアレイン星系の概要説明を終えたミミにぱちぱちと拍手を贈る。流石《さすが》に少し恥ずかしいのか、ちょっとミミの顔が赤い。

「それで、目的のコロニーはどれなんだ？」

「基本的に研究コロニーは研究者とかコロニー関係者以外は立入禁止みたいなので、私達が行くのは交易コロニーですね」

「交易コロニーで荷物の配達でも請ければ研究コロニーに行く機会もあるかもね。でも、別に行ったからって面白いことはなにもないわよ。観光名所があるわけでもないし」

「息が詰まりそうだなぁ。そういうとこに住んでる人達の娯楽とかってどうなってんのかね？」

「研究そのものが娯楽みたいな真性の研究バカばっかりよ、ああいうステーションって」

「うえー」

想像しただけでげんなりとした気持ちになる。仕事が趣味みたいなワーカーホリックだらけなのかよ。もし行ったとしても長居はしたくないな。

「それじゃあ進路を交易コロニーに向けよう。エルマ」

「アイアイサー」

サブパイロット席のエルマが操舵《そうだ》してクリシュナの船首をアレイン交易コロニーの方向に向ける。

「到着まで十五分ってところね」

「了解。一応周辺の警戒は怠らないように。ミミもレーダーの反応に注意してくれ」

「はい！」

俺の声に応《こた》えてミミが超光速ドライブ中にも使用できる亜空間センサーの反応を注視する。光よりも速く動いている状態では通常のセンサー類は使い物にならない……らしい。そこで役に立つのがこの亜空間センサー。当然俺には仕組みなどまったくわからない。そもそも亜空間ってなんなんだよって話だ。

とにかく、こいつを使えば超光速ドライブ中でもかなり広範囲の様子を探ることができる。他の船の航跡をキャッチしたりすることもできるし、戦闘後のデブリが漂う宙域をキャッチすることもできる。あと、滅多にないけど救難信号をキャッチしたりすることもある。

「あの、ヒロ様。救難信号をキャッチしました」

「なんでや！　滅多にないはずやろ！」

「気持ちはわかるけど、放っておくわけにはいかないわよ」

ゲーム内ではミニイベントが発生しても別にそれをスルーしたからといって咎められることもなかったのだが、一応現実世界であるこの銀河においてはそうはいかない。特段の理由がない限り救難信号を受け取った船には救護義務というものがあるのだ。

「ですよねー。進路を救難信号の発信地点に向けてくれ。戦闘になる可能性もある、注意しろよ」

「はい！」

「了解」

クリシュナを旋回させて救難信号の発信地点へと向かう。実際に行ってみないとわからないが、救難信号を発信するような状況なんてそう多くはない。船に何らかのトラブルが発生したか、宙賊に襲われたかのどちらかだ。

前者であれば乗組員を一時的に保護して船を曳航《えいこう》すればいいし、後者であれば……まぁドンパチは避けられまい。

「間もなくコンタクトします。超光速ドライブ解除まで5、4、3、2、1……今！」

ドォン！　と爆発音のような音と共に超光速ドライブが解除され、クリシュナが通常空間に出現する。すぐさまレーダーをチェック――反応は五隻。一隻の中型艦を四隻の小型艦が追いかけているようだ。

「見事に襲撃されてるわね。追われてるのは中型の客船みたいだけど」

「発信源はあの客船だな。介入するぞ。ミミ、スキャンと呼びかけを頼む」

「はい！　こちらは傭兵ギルド所属の戦闘艦、コールサイン『クリシュナ』です。救難信号をキャッチしました。客船を攻撃している所属不明艦船に告げます、直ちに攻撃行動を停止してください」

ミミが所属不明艦船にスキャンをかけながら攻撃停止勧告をするが、彼らの返答は実にシンプルなものだった。

「ロックされたわ」

所属不明艦船はすでにウェポンシステムを起動している。その状態でこちらをロックオンしてきたというのであれば、これ以上の言葉は不要ということだろう。

「敵対行為と認定する。ウェポンシステムオンライン。ジェネレーター出力を戦闘モードに」

「アイアイサー、ウェポンシステムオンライン。出力上昇」

「行くぞ！」

ウェポンシステムが起動すると同時に船体の一部が変形し、強力な重レーザー砲を装備した四本の武装腕がその姿を顕《あらわ》にする。同時にコックピットの左右から二本の砲身が伸び、光を反射して鈍い光を放った。

「四隻とも賞金首です」

「なら遠慮なく撃破できるな」

客船を追っていた四隻の小型艦のうち、二隻がこちらに向かってくる。俺はその二隻の宙賊艦に向かってクリシュナを加速させる。

『こいつ速――』

別に先に撃たせてやる必要もない。射程に入ると同時に四本の武装腕に装備されている重レーザー砲を斉射し、一撃で一隻目のシールドを飽和させて剥《は》ぎ取ってやる。

『んなっ⁉　シールドが⁉』

「ひとつ」

擦れ違いざまに二門の大型シャードキャノンを発射し、シールドを失った宙賊艦を穴だらけにしてやった。

散弾砲とも呼ばれるこの二門の大砲は、細かい弾丸を超高速で無数に発射する強力な武器だ。距離を空けると拡散してしまうため射程は短いが、威力は凶悪でシールドを失った艦艇に発射すれば一撃で気密性バッチリの船を風通しの良い船にリフォームしてやることができる。

「相変わらず凶悪よね、このシャードキャノン」

「シャードキャノンってオサレな言い方だよな」

「オサレってあんたたね……」

くだらない会話をしながらフライトアシストモードを切って船を旋回させ、後ろ向きに進みながらもう一隻の船のケツに四本の武装腕を向ける。

「ふぁいやーふぁいやー」

連続で照射された碧《みどり》色の光条が宙賊艦のケツに突き刺さり、シールドを剥ぎ取ってメインスラスターを破壊する。

『や、やめっ』

「嫌だね」

何か命乞《いのちご》いのような汚い鳴き声が聞こえた気がするが、無視である。こいつら宙賊は何の罪もない輸送船や客船を襲って積荷を奪い、船員を殺し、場合によっては奴隷売買までやらかす人間のクズだ。生かしておいても百害あって一利なしというものだ。

シールドを失い、メインスラスターを破壊されて身動きが取れなくなった宙賊艦に容赦なく重レーザー砲の斉射を浴びせる。四本の重レーザー砲の光条に晒《さら》された宙賊艦は程なくして爆発四散した。

「ふたーつ。次」

「残り二隻だけど……逃げようとしてるわね、これは」

こちらに向かってきた二隻がすぐに撃破されたことに恐れをなしたのか、客船を追っていた二隻の宙賊船は攻撃を中止してこの宙域から離脱しようとしているようだった。

「あっ、この野郎！　逃げんなコラ！」

『てめぇみたいな化け物相手にしてられっか！』

生き残りの宙賊艦から通信が返ってくる。律儀な奴《やつ》だな。いや、それどころじゃない。客船を追っていた奴らとの距離がちょっと遠い。これは厳しいか？

「宙賊艦、超光速ドライブを起動しました！」

「まにあえぇぇぇぇぇぇぇ！」

クリシュナを最大限に加速させて宙賊艦の後を追う。重レーザー砲の射程に入るまであと少し……！

『あばよ！』

ドォン！　という爆発音のような音を立てて宙賊艦が光になった。航跡を追って追撃することも不可能ではないが……襲われていた客船を放置するわけにもいくまい。

「クソッ、逃げ足の速い奴め」

「宙賊にしては見事な引き際だったわね。たまにいるのよね、ああいうのって」

「面倒くさいんだよな、ああいう奴らは……」

武器の届く範囲であれば逃げられる前に落とせるのだが、今回みたいに離れているとどうしようもないんだよな……もっと遠距離から狙える武器でもあれば話は別なんだけど。大型の電磁投射兵器とか。

「まぁいいや、客船に通信を繋《つな》げてくれ。航行に問題ないようなら撃破した船からブツを漁《あさ》って放置していくぞ」

「付き合う必要は別にないものね」

冷たいようだが、こんなものである。別に中型客船からの護衛依頼を請けているわけでもなし、そこまで面倒を見る義理はない。勿論《もちろん》、所属を聞いて謝礼は要求するけどね。

この世界では救難信号をキャッチしたらキャッチした側に救護する義務が生じるが、救護された側にもとある義務が生じる。それは救護者に対する報酬の支払いだ。

その時に積んでいる荷物や客員によってその額は変動するが、中型の旅客船なら支払われる金額は相当なものになるだろう。この星系に来るなりいきなりこんな事件に巻き込まれたのは不運だが、金銭的な意味で考えれば幸先が良いとも言えるな。傭兵としては。

『こちらはイナガワテクノロジー所属の旅客船、コウエイマルだ。救援に感謝する』

ミミが開いた回線から声が聞こえてくる。イナガワテクノロジーにコウエイマルとな？　所謂《いわゆる》日系企業なのだろうか。コウエイマルって漢字で書いたら幸栄丸とか光栄丸とかなのかね？

「無事で何よりだ、コウエイマル。俺は傭兵ギルド所属のキャプテン・ヒロだ。船の状態はどうだ？」

『生命維持装置は無事だが、足回りがやられた。すまないが、星系軍が到着するまで護衛してくれないか？』

帝国軍が来るまで護衛ね。もう少し小さい艦ならクリシュナで曳航できるんだが、あの大きさだとちょっと無理だな。帝国軍の軍艦に曳航してもらうしかないだろう。

「それは依頼ということで良いんだな？　報酬の支払いは？」

『ああ、イナガワテクノロジーから報酬を支払うことになるだろう。報酬額に関してはすまないが、護衛完了後に本社と交渉をしてもらうことになると思う。私には報酬額を決める権限まではないのでな』

船長とは言え、流石にそこまでの権限はないか。エルマに視線を向けてみると、彼女は無言で頷《うなず》いた。話の内容に特に問題はなさそうということだろう。

「了解した。では当艦は貴艦の護衛を開始する。護衛期間は帝国軍が到着するまで。救護報酬を含めた護衛報酬はイナガワテクノロジーが支払う。そういう契約で良いな？」

『それで良い』

「じゃあ、契約成立だ。ミミ、今の会話データを保存しておいてくれ」

「はい！」

ミミが元気よく返事をする。

さて、じゃあ帝国軍が到着するまで宙賊艦の残骸《ざんがい》でも漁りますかね。仕事を完了する前に叩《たた》き潰《つぶ》したから大したものはないと思うけど。

☆★☆

「ふわぁ……おおきいですね！」

「大きいなぁ……ターメーンプライムコロニーの何倍だ？」

「ええと、人員は確か五倍くらい多く収容できるんじゃなかったかしら？　大きさはよくわからないわね」

俺達の見る先には超巨大な立方八面体のコロニーが存在していた。ゆっくりと回転しているように見えるが、あの大きさの物体であると考えると回転速度は相当速いんじゃないだろうか。あの回転で擬似的な重力を発生させているのかね？　とにかくとてつもない大きさだ。

この超巨大な物体の名前はアレインテルティウスコロニー。アレイン星系における俺達の目的地で、この星系で三番目に建造されたコロニーである。

「ミミ、ドッキングリクエストだ」

「あ、はい！　ドッキングリクエストを送りますね」

ミミがオペレーター席のコンソールを操作し、アレインテルティウスコロニーにドッキングリクエスト——着艦要請を出した。こちらの艦名やキャプテンである俺の名前、寄港目的などを伝える定型文的なやりとりの後、すぐに着艦許可が降りたようだった。

「着艦許可出ました！　七十二番ハンガーだそうです！」

「了解」

画面上に表示されるガイドビーコンに従って指定されたハンガーへと向かう。流石に大きなコロニーなだけあって、交通量が非常に多い。接触事故なんて起こした日には大惨事だな。俺はこんなことに神経を使いたくないからオートドッキング機能を使うけどね。

「オートドッキングなんて邪道よ……」

「俺は楽なほうが良い」

エルマが微妙な顔をしているが、俺は一言でそれを切って捨てる。確かに神経をすり減らしながら完璧《かんぺき》な着艦をキメるのも楽しくはあるが、俺はそれよりも楽なのを取るね。オートドッキングを可能にするオートドッキングコンピューターは専用モジュールのインストールが必要ではあるが、基本的にとても安全、かつ確実に船を指定のハンガーベイにドッキングしてくれる。流石にこっちに急に突っ込んでくる暴走宇宙船とかはどうしようもないけど。

程なくしてドッキングが完了したのでジェネレーター出力を停泊モードに落とす。船内で過ごす分には戦闘モードはおろか、巡航モードの出力でも供給電力が過剰に過ぎるからね。

「あー、着いた着いた。さて、どうする？　早速メシにでもするか？」

「まだ少し早いんじゃない？　それよりも先に雑務を終わらせたほうが良いんじゃないかしら」

「戦利品の売却とイナガワテクノロジーへの接触、あとは星系軍の窓口で賞金の受け取りか」

「戦利品の売却は私がやっておきますね」

ミミが両拳《こぶし》を握りしめてフンスと鼻息を荒くする。戦利品の売却に関しては端末経由で市場に流せるようになっているからミミでも十分に対応できる。売り先によって微妙に値段が異なったりするが、その辺のチェックは得意みたいだからな、ミミは。

「じゃあ戦利品の売却はミミに任せようかな。次はイナガワテクノロジーだが……」

「イナガワテクノロジーは向こうからの接触を待っても良いかもね。そんなに急ぐ案件でもないし」

エルマが考えるかのように首を傾けながらそう言う。確かに、こっちの連絡先と所属も伝えてあるからな。あっちで報酬額の算定とかもあるだろうし、急いで接触することもないか。

「んじゃ星系軍の詰め所に賞金を受け取りに行くか」

「私が行こうか？」

「いや、キャプテンの俺が行くのが良いだろ」

別にエルマが行っても大丈夫だが、どちらかと言えば俺が行くほうが話が通りやすいだろう。俺が船長なわけだし。

「私も行くわよ。一人歩きは危ないし」

「子供じゃないんだが……」

でも、確かにエルマの言う通り知らない場所での一人歩きは危ないかもしれない。一人よりは二人のほうが安全性は増すだろう。ついてきてもらうか。

「でもそうだな、一人よりは二人のほうが安全か。ついでに街の様子も見てくるから、ミミは船にいてくれ。ここが一番安全だからな」

「そんなに危ないコロニーなんですか？　ここ」

「いや、セキュリティレベルは高いみたいだけどな。実際に歩いてみないとわからないだろ？　あの船の数を考えれば俺達みたいなよそ者も多いだろうし」

「そうね。特にハンガーベイ周辺やよそ者が多い区域は治安も乱れがちなことが多いわ。そのへんも含めて情報収集ね」

「なるほど……」

ミミが神妙な顔で頷く。自分で自分の身をある程度守れる俺やエルマはともかく、ミミは身体《からだ》の小さな女の子だし、自分で自分の身を守れるほどの力も持ってはいないからな。一応レーザーガンは持たせているけど、咄嗟《とっさ》に使えるかどうかはちょっと怪しいし。

「そういうわけで、俺とエルマはちょっとでかけてくる。遅くなりそうなら連絡するつもりだが、あまり遅いようなら先にメシとか食ってて良いからな」

「はい、わかりました。ヒロ様、エルマさん、お気をつけて」

「ああ」

「うん、あとでね」

そうして俺とエルマは手早く外出の準備を整え、船を降りるのだった。

☆★☆

「ははぁ、なんというか雰囲気から違うなぁ」

「ターメーンプライムコロニーに比べたらこっちのほうが都会だからね」

こんなもんでしょう、という顔のエルマの横を歩きながら俺は辺りを見回す。アレインテルティウスコロニーの内部は、言うなれば摩天楼のジャングルといった様相だ。

コロニー内の広大な内部空間に高層ビルが密集して立ち並んでおり、夜道のように暗い路地を街灯が照らしている。このコロニーには外部から光を取り込むような仕組みが一切ないようで、コロニー内の照明は全《すべ》てこういった人工的な灯《あか》りで賄っているようだ。常闇《とこやみ》の街、というわけだ。

「しかしこんなふうに常に暗いってのは健康に悪そうだよな」

「定期的に人工的な方法で日光浴するらしいわよ」

「それは大変——いや、俺達も毎日やってるか、そういや」

「簡易医療ポッドでね」

そう言えば簡易医療ポッドにはそういう機能も付加されていたな。俺達みたいな船乗りの傭兵《ようへい》もいわゆる日光浴の類とは無縁だからバイタルチェックの際に日光を浴びるのと同じような効果を得られるようになっているとかなんとか。詳しくは俺もわからん。紫外線を浴びるのが必要なんだっけ？

「徒歩での移動はしんどいってかめんどいけど、このコロニーだとどうやって移動してんのかね？」

「あれね」

　エルマが視線を向けた先には地下鉄の入り口のようなものがあった。

「地下に交通網が整備されていて、それでコロニーの各所に移動できるようになっているの。ほら、ターメーンプライムコロニーにもあったでしょう？　物流システム。あれの大型版ね」

「なるほど」

　あれも仕組みはよくわからんかったが、いつ利用しても俺自身よりも早く船に荷物が届いていたんだよな。どういう乗り物なのかちょっと興味がある。

「で、今回は使う必要は……」

「ないわね、星系軍の駐屯地はすぐそこだし」

「なるほど。まぁそのうち乗る機会もあるか」

　イナガワテクノロジーに行く時とかにな。食材の買い出しとかもするだろうし、その時にも乗る機会はあるか。このコロニーには暫《しばら》く滞在するつもりだからな。

「あそこね」

　エルマの視線の先には帝国の国旗と帝国軍の軍旗が掲げられたビルがあった。なんかあんまり駐屯地っぽくないな。どっちかと言うとオフィスビルみたいだ。

「あんまり駐屯地に見えないな、アレ」

「場所によるわよね。敷地に余裕のあるコロニーだと訓練所みたいなのがあるところもあるけど」

　入り口に歩哨《ほしょう》の一人も立ってないしな。いや、歩哨の代わりに監視カメラを兼ねるセントリーレーザータレットとかが配置されてるんだけどね。自動化できるところは自動化していくスタイルなんだろうか、帝国軍は。

駐屯地のビルに入ると、早速入り口にセキュリティゲートが設けられていた。ここには人が配置されているようだ。屈強な身体つきのなかなかに迫力のあるマッチョマンだ。係員以外はやはり機械化されているようだ。ここにもレーザータレットが配備されている。

「駐屯地内に武器の持ち込みは許可されておりません。こちらで預からせていただきます」

「はい」

「わかってるわ」

俺もエルマも素直にレーザーガンと替えのエネルギーパックを係員に預け、他に何か隠し持っているものはないかをチェックする全身スキャンを受ける。その際に携帯情報端末に登録されている身分もチェックされるようだ。

「はい、チェック完了しました。賞金の受け取りならあちらの窓口、その他の用事であればその隣の窓口です」

「ありがとう」

筋肉モリモリマッチョマンの係員に礼を言って賞金の受け取りカウンターへと向かう。この流れ自体はターメーンプライムコロニーでもよくやっていたので慣れたものだ。雰囲気はぜんぜん違うけどな。

ターメーンプライムコロニーの駐屯地は出入り口にレーザーライフルを持った歩哨が配置されていたし、セキュリティゲートにももっと人員が多く配置されていた。所変わればこういうのも変わるものなんだな。

「アレインテルティウスコロニーへようこそ。新顔だね？」

賞金受け取りカウンターの係員は穏やかな雰囲気の男性だった。年の頃《ころ》は俺より上、おそらく三十代半ばか、四十代前半ってところだろう。

「ああ、さっき着いたばかりだ。俺はキャプテンのヒロ。こっちはクルーのエルマだ。船にもう一人ミミって女の子が残ってる」

「ヒロ君にエルマ君だね。私はダニエル軍曹、君達傭兵には階級なんて関係ないだろうから、ダニエルとでもダニーとでも好きに呼んでくれ」

「いや、俺はダニエル軍曹と呼ばせてもらうよ。言葉遣いまで丁寧に、とはいかないけど」

「そうね、私もダニエル軍曹と呼ばせてもらうわ」

俺は首を振り、呼び捨てや愛称呼びは遠慮させてもらうことにした。エルマも俺に倣うようだ。

「そうかい？　私は勿論《もちろん》それで構わないよ。ところで、こちらの窓口に来たってことは賞金の受け取りだね？　今日この星系に来たっていうのに早速とは、仕事熱心だね」

「こちらのコロニーに向かっている時に救難信号を探知してな。発信源に行ってみたら、イナガワテクノロジーの客船が宙賊に襲われていたんだ。見捨てるわけにはいかないからな」

「イナガワテクノロジーの？　乗員乗客は無事だったのかい？」

「なんとか間に合ったよ。俺の船じゃ曳航《えいこう》できなかったから、帝国軍の船を呼んで曳航してもらった。俺達は一足先にこっちに来たから、おいおい着くと思う」

「そうか、うちの奴らが一緒ならもう安心だね。ヒロ君、良い仕事をしたね」

俺の話を聞いて心配そうな表情を見せていたダニエル軍曹が人の良い笑顔を浮かべる。なんというか、この軍曹は心にすっと入ってくるような話術というか、そういうのを持ってる人だな。

「ああ、誰かを助けられたのは幸いだった。それで、賞金なんだが」

「ああ、そうだね。少し待ってくれ……二隻で1万5000エネルだね」

「……随分高いな？」

「この四人組は最近何隻もの民間船を襲っていた奴らでね。仕事も逃げ足も速くてなかなか捕まえられなかったんだよ。今回ヒロ君達が二隻仕留めたから、暫くは大人しくしているだろうね」

「なるほど……」

話を聞きながら俺は内心首を傾《かし》げる。何隻も襲っていた割には積荷はしょっぱかったんだよな。食料と酒くらいしか積んでなかったみたいだし。どこかに拠点を築いているんだろうか？

「はい、これで賞金の引き渡しは完了だ。暫くはこの星系に？」

「ああ、そのつもりだ。これだけ栄えているコロニーなら色々と見る場所もありそうだし」

「そうだね、このコロニーにはハイテク企業も多いし、商人もよく来るから娯楽施設の類も充実しているよ」

「そうか、そりゃ楽しみだな。じゃあ、俺達はこれで」

「ああ、良い滞在を」

ダニエル軍曹と別れの挨拶《あいさつ》を交わしてセキュリティゲートで預けたレーザーガンなどを回収し、星系軍のオフィスを出る。

「なんというか、話しやすい人だったな」

「あんまり軍人らしくはなかったわね。兵というよりは最初からああいう職に就くべく教育を受けた人なんじゃないかしら？」

「なるほど、帝国軍にはそういう人員もいるのか」

帝国軍が一体どんな組織になっているのかまったく知らない俺としてはそういう人員もいるのだろうと思うしかないな。軍の編成というか組織って素人《しろうと》から見ると複雑怪奇でよくわからんのだよな。

しかも、この世界だと単に陸海空軍ってわけじゃなく航宙軍に統合されているのだろうし。宇宙という舞台で戦う軍の組織がどのように変革され、どのように組織されてきたのかとか想像もつかない。調べればわかるんだろうけど、調べる気にはあまりならないなぁ。

「それにしても、あの軍曹気になることを言っていたわね」

「ああ、仕留めた宙賊のことだよな。何隻も襲った割には積荷がしょっぱいと思ったよ、俺は」

「私もよ。どこかに溜《た》め込んでいそうね」

「だな。でも四隻じゃなぁ……」

「規模が小さいから探すのは難しいでしょうね」

エルマが苦笑しながら肩を竦《すく》める。どこかの小惑星を改造した基地ならまだ見つけやすいかもしれないけど、略奪品を頑丈なコンテナに入れて広大な宇宙空間のどこかにただ放り出して保管してる可能性もあるんだよなぁ。そうなると座標を知らないとまず見つけ出すのは不可能である。

「ま、忘れましょ。巡り合わせがあればまた会うでしょうし」

「次は絶対に逃さん」

「その意気よ。さ、戻ってご飯にしましょう。ミミも待ってるわ」

「そうだな」

頷《うなず》き、二人で歩き始める。戻ったらメシを食って、後はゆっくり休憩だな。あくせく働かなきゃ食い詰める状態ってわけでもなし、今日と明日はゆっくりして明後日《あさって》から本格的に動き始めるとしよう。

☆★☆

「おかえりなさい！」

「ああ、ただいま」

「ただいま、ミミ」

クリシュナに戻ると、ミミが出迎えてくれた。どうやら何か調べ物をしていたらしく、片手にタブレット型の端末を持っている。

「何か調べていたのか？」

「はい。どこの医療センターが評判が良いか調べていました」

「なるほど。成果はどうだ？」

「まだ調べ始めたばかりでなんとも、ですね。高ければ良いというわけでもないですし。ヒロ様の状態を考えるに、脳神経系の医療機関が良いのか、それとも精神系の医療機関が良いのか……」

ミミが真面目《まじめ》な顔で考え込んでいる。俺の記憶喪失という設定は異世界、あるいは異次元や並行世界的な場所からこの世界へと放り出された俺に、この世界の一般常識が欠如しているという不自然さをカバーするためのものだ。

つまり、医学的には俺はまったくの健康体であるはずなのである。いや、もしかしたら何かの原因で自分が異世界から来たと信じ込んでしまっているという可能性もゼロではないのだが。

少なくとも俺の主観では、俺はこの世界の人間ではなく、地球の日本に住んでいた佐藤孝宏という人間である。俺の世界ではクリシュナのような宇宙を駆ける戦闘艦などというものは空想の産物でしかなかったし、人類は本格的な宇宙進出を果たしていなかった。

「記憶喪失、ねぇ……」

真面目な顔で俺が診察を受ける医療機関を検討しているミミとは対照的に、エルマは疑いの視線を俺に向けてくる。エルマには記憶喪失というのを疑われているんだよな。彼女は俺のことを家出してきた世間知らずのお坊ちゃんか何かだと考えていると思う。

この世界では所謂《いわゆる》「普通の」肉や野菜というものは高級品だ。この世界の殆《ほとん》どの人々は藻やオキアミのような生物を原料に合成された合成食品や、化学的に合成された人造肉などを食べて生活している。

しかし、俺は以前エルマと食料を買いに行った時にうっかり『普通の肉や野菜は売ってないのか？』と口に出してしまったんだよな。この世界では産地以外でそういうものを日常的に口にできるのは大金持ちの特権階級の人々くらいであるらしい。

そんなこともあって、エルマは俺の出自を疑っている。だが、現実は何かよくわからない経緯で俺が知っているゲームと似たような、だが異なる世界に入り込んでしまっている状態である。この世界に来た経緯はまったくもってわからないが、少なくとも俺の主観ではそういう認識だ。記憶の欠落というものも殆どない。

「記憶に焦点を当てないで、総合的に診てもらえるところが良いと思うな。深刻な感染症の予防接種なんかも受けているかどうかわからないし、そういうのも含めて全部まるっと診てもらえるようなところを探してくれると嬉《うれ》しい」

「なるほど……」

「私は大丈夫だけど、ミミも一緒に診察を受けたほうが良いわよ。人間しかかからない致死性の病気とかもあるし、予防接種を受けられるなら全部受けておいたほうが良いわ」

「エルマは大丈夫なのか？」

「私は前に一通りやってるからね」

エルマはそう言って肩を竦めてみせたが、俺は首を横に振った。

「金は俺が出すから、エルマも診察を受けよう。クルーの健康を守るのもキャプテンの義務だからな。当然、ミミもだぞ」

「はい」

「そう？　ま、いいけど」

ミミもエルマも素直に頷いてくれた。良かった、道連れが増えたぞ。

いや、別に病院が嫌いってわけじゃないけど、なんか俺一人だけってのも心細いだろう？　それに、自分で言った通りクルーの健康を守るのも俺の役目だと思うしな。金をかけることで事前に病気のリスクを減らせるならそれに越したことはない。

「いくらくらい掛かるもんなんだろうな？」

「見当もつかないわね。まぁ一人あたり１００万エネルってことはないでしょ」

「それは流石《さすが》にないだろう……まぁそれくらいなら大丈夫だけど」

仮に一人１００万エネルかかったとしても、今の俺の貯金は１０００万エネル以上ある。手痛い出費にはなるが、それで健康が買えるなまぁ、我慢しよう。

でもなぁ、１エネルって日本円換算で大凡《おおよそ》１００円くらいの価値だからなぁ……１００万エネルだと1億円相当？　これを安いと言ってしまえる俺の金銭感覚は順調に崩壊してきているな。

「ヒロ様、流石に１００万エネルは……」

「１００万エネルを大丈夫で済ませるのは不味《まず》いわよ？」

「いや、わかってる。今自分で言ってそれはないなと思ってたとこだから」

「ならいいけど」

とはいえ、いくらかかるのかわからないというのも事実。金額を聞いてのけぞらないように覚悟だけはしておこう。

☆★☆

船に帰ってからはダラダラタイムだ。皆で高性能自動調理器『テツジン・フィフス』の作った料理に舌鼓を打ち、交代でゆっくりと風呂《ふろ》に入ったあとは思い思いに寛《くつろ》ぐ。いつもならトレーニングなどをするところなのだが、それも今日はお休みだ。

「だるーん」

「だらしないわねぇ……」

「その俺に寄っかかってるお前も人のことは言えなくないか？」

ベッドの上で仰向《あおむ》けになって伸びる俺と、その俺に寄っかかりながら手元の端末を操作しているエルマ。正直どっちもどっちだと思うのだがどうか？

「それもそうね。たまにはこうやってだらけるのも悪くないわ」

「そうだろう」

エルマは特になにかするわけでもなく、こうして一緒に過ごすのを好む傾向がある。なんとなくだが、こいつは俺を大型犬か何かのようにでも思っているんじゃないだろうか？　今みたいに寄っかかってみたり、ベッドに腰掛けている俺の膝《ひざ》を枕にしてみたり、一緒になって横になってみたりと、何気ないスキンシップが多い。

そういう時はなんだか妙に穏やかというか、気を抜いた表情をしているように見えるのでこれはこれで彼女なりのリラックスの方法なんだろう。それでエルマがリラックスできるなら別に俺としては文句はない。俺もなんだか安心できるし。

「ん、ミミの出していた戦利品、買い手がついたみたいね」

「お、いいね。いくらになった？」

「手数料とかを引くと全部で４５００エネルね。賞金と合わせると今回の儲《もう》けは１万９５００エネルってところかしら」

「ええと、その３％だから……エルマの取り分は５８５エネルか」

「ミミは切り上げて98エネルね」

「少ないなー」

「こんなもんでしょ。一回の戦闘で800万エネル以上稼ぐのが異常なだけよ。あんたの取り分は1万8817エネルね」

「へーい。返済は別に急がなくて良いからな」

「……普通、早く返済しろって催促するもんじゃないの？」

エルマがいかにも呆《あき》れた様子でこちらを見下ろしてくる。

「んー、エルマとはできるだけ長く一緒にいたいからなぁ」

これは本音である。エルマは俺に300万エネルの借金をしていて、それを返すためにこのクリシュナのクルーとして働いている。そんなエルマであるから、借金を返して自立するための金を稼いでしまえばもうこの船に乗っている理由はなくなってしまうのだ。

エルマはクルーとして優秀だし、頼りになる。それに美人だし、彼女とは『そういう』関係でもある。それを抜きにしても今のところはミミともども良い関係を築くことができている。できるだけ長く一緒にいたいと思ってしまうのは自然な流れであろう。

「そう心配しなくても、長い付き合いになるわよ。借金を返すだけじゃなく、新しい船を買う資金も貯《た》めなきゃいけないんだからねー」

どーんとか言いながらエルマが俺の腹の上に倒れ込んでくる。ふふふ、この世界に来てから地道にトレーニングをしている俺に隙はない。味わうが良い、微妙にシックスパックになりつつある我が腹筋を！

「なに力《りき》んでるのよ。固くて寝心地《ねごこち》悪いじゃない」

「あっはい」

「ん、そうそう。それでいいわ」

エルマさんは硬い腹筋はお気に召さなかったらしい。力を抜いた俺の腹の弾力を楽しむかのようにぐりぐりと後頭部を腹に押し付けてくる。ちょっとくすぐったい。

「あんたさぁ」

「んー？」

「記憶喪失っていうの、嘘《うそ》でしょ？」

「ウソジャナイヨー」

「隠す気ないじゃない」

腹の上でエルマの頭が揺れる。どうやら笑っているらしい。

「ま、別にそこまで無理矢理詮索《せんさく》する気はないけどね。聞かれたらマズい？」

「んー……マズくはないけど、正気は疑われそう」

「何よそれ」

別にマズくはないよな。ここじゃない別の世界から来たってことをエルマに話したからといってどうなるわけでもあるまい。頭のおかしいことを言っているなぁとは思われそうだが、急にどこかの研究施設送りにされるということもなかろうし。

「聞きたいなら話すぞ。ただ、相当頭のおかしいことを話すことになると思うが」

「そこまで言われるとちょっと怖いわねぇ……でも聞きたいわ」

「そっか。んじゃどこから話すかなぁ……並行世界とか異世界とかってわかるか？」

「概念としてはね。実在するかと言われると首を傾《かし》げざるを得ないけど」

そう言ってエルマは俺の腹を枕にしたまま肩を竦《すく》めてみせる。

「うん、俺は多分そういう世界から来た。このクリシュナと一緒に。俺の主観ではそういう認識だ」

俺の言葉を頭の中で反芻《はんすう》しているのか、エルマが沈黙する。

「傭兵《ようへい》ギルドに登録しに行った時に受付のおっさんがどこにも寄港記録がないって言ってたのを覚えてるか？　それも当たり前の話でな。俺がこっちの世界に来てから最初に寄港したのがターメーンプライムコロニーだったからなんだよ」

「そういえばそんなことを言ってたわね。でも、やっぱりそれって……いや、並行世界ということなら有り得るのかしら？」

「船の装備の互換性とかか？」

「そう。異世界から来たのだとしたら、このクリシュナがこの世界のテクノロジーで作られた様々な製品と互換性があるのがおかしい、と思ったのだけどね。でもテクノロジーの発展が殆ど同じように進んだのだとしたら絶対にないとも言えないし、それを言ったらこの船と同じようなタイプの船なんて見たこともないのよね……でも、やっぱりおかしいわよ。あんたの戦闘の手際を見る限り、あんたは間違いなく凄腕《すごうで》の傭兵よ。なりたてのモグリの腕じゃないわ」

「そうストレートに評価されるとくすぐったいな」

「でも、それにしてはあんたは常識を知らなすぎる。同じような戦闘艦があって、傭兵が存在するような世界ならこの世界とそう常識は変わらないと思うのだけど？　色々と不自然すぎない？」

「それな。ここから先がもっとエルマを混乱させると思うんだが……そもそも、俺は傭兵じゃないんだよ。ただの会社員、サラリーマンだ。ゲームが趣味なだけのな」

「サラリーマン？　つまり、企業で働いていたってことよね？　戦闘部門か何かに所属していたの？」

「いやいや、そんなんじゃない。俺は向こうじゃ銃なんて撃ったこともないごく普通の一般人だったんだよ。荒事とはまったく無関係のな」

「？？？」

エルマが身を起こして首を傾げている。わけがわからんよなぁ。俺もエルマの立場ならそう思うだろう。

「それはおかしいわよ。あんたの銃はどこかの射撃大会で優勝して手に入れた銃だって言ってたじゃない。あれは嘘をついているようには聞こえなかったし、実際にあんたが銃を撃つところも見たけどとても素人《しろうと》の技量ではなかったわよ？」

「うーん、そうだよな。そうなんだが……もう単刀直入に言おう。このクリシュナを手に入れたのも、あの銃を手に入れたのも、傭兵としての技術を磨いたのも、俺にとってはゲームの中での話なんだよ。つまり、俺の主観で言えば今の俺はゲームの世界に入り込んだような感じなんだ」

「VRゲームみたいに？」

「あるのか、VRゲーム」

「あるわよ。頚椎《けいつい》の辺りに接続するためのジャックインインプラントを埋め込む必要があるからそれほど普及してないけどね。どっちかというと医療用途だし、あれ」

　中にはどっぷりといかがわしいＶＲゲームにハマってる連中もいるみたいだけどね、と付け加えてエルマは肩を竦めた。

「まぁ、ＶＲゲームにどっぷりハマってたなら有り得る話かしら……ＶＲゲームで戦闘訓練を積んで、現実世界の肉体にその経験をフィードバックするって方法はあるみたいだし」

「いや、俺の世界はこの世界よりもずっと遅れててな。俺がやってたのは据え置きの端末で遊ぶようなゲームだったんだ。この世界だと骨董品《こっとう》レベルのやつなんじゃないかな？　そもそも、俺の住んでいた世界じゃ人類は恒星間航行どころか宇宙進出すらしてなかったし」

「宇宙進出すらしてないって、それ完全に技術レベルが未開文明並みってことじゃない……なるほどね、確かに頭がおかしくなりそうな話だわ。ゲームの世界に入り込むなんてまるで古代の娯楽小説みたいな話だわ」

　この世界的にはＶＲですらないゲームの世界に入り込むタイプの娯楽小説は古代のレベルなんだな……俺の感覚で言うとギルガメシュ叙事詩みたいな？

「ははは……まぁその、なんだ。何かの事故で記憶を失って、今俺が話したような記憶を現実だと思い込んでるってほうがよほどリアリティがある話だよな」

「でも、今話したのは本当のことなのよね？」

「あくまでも俺の主観ではな。実際に本当かどうかはそれこそ頭の中身でも吸い出して覗《のぞ》いてみないことにはわからんだろ」

「そうね。できないことはないと思うけど……そこまでしなくても良いんじゃない？」

「できないこともないってのが恐ろしいわ。でも、そんなものかね？」

「あんたが気になるならしたほうが良いかもしれないけど、今の状態で何か困ることあるの？」

「別に困らないな」

何故《なぜ》こんなことになったのか知りたい気持ちがないと言えば嘘になるが、是が非でも知りたいかと言えば別にそんなこともない。今のところ別に積極的に元の世界に帰りたいとも思ってないし。

「ならいいじゃない。触らぬ神になんとやらって言うわよ」

「それもそうか」

「そうよ」

「そうか……というかそれだけか？　もっと他に言うことない？」

「別にないわね。あんたが自分のことをどう思っていても私から見るあんたは別に変わらないし。今しがた十代の男の子がかかる痛いアレをいい年になっても罹患《りかん》し続けている痛い子という評価がついたけど」

「やめろ。それは俺に効く……」

俺の言葉にエルマが腹の上でクスクスと笑う。

「お前、いい女だよなぁ」

「当たり前じゃない。私を誰《だれ》だと思ってるのよ」

「残念な宇宙エルフ」

「よし、その喧嘩《けんか》買ったわ」

「おいやめろ馬鹿」

急に伸びてきたエルマの手が俺の脇腹《わきばら》をくすぐり始め、ベッドの上での取っ組み合いが始まる。

ふふふ、そんな華奢《きゃしゃ》な腕で、鍛えた俺の筋肉に勝てるとでも――。

「グワーッ⁉　腕ひしぎ十字固グワーッ⁉」

エルマさんには勝てなかったよ……この後滅茶苦茶《めちゃくちゃ》寝技で泣かされる羽目になった。もうちょっとソフトなスキンシップを要求したい。切実に。

☆★☆

エルマとイチャイチャ……というにはちょっとハードなスキンシップをして過ごし、逆襲したり逆襲され返したりして過ごした翌日。

起きるなり早速風呂《ふろ》に入った俺は軽くトレーニングを済ませ、もう一回風呂に入ってて優雅な休日を過ごしていた。エルマ？　まだ俺のベッドでダウンしてるよ。ふっ、俺の勝ちだな。

「おはようございます、ヒロ様」

食堂に移動すると、トレーニングウェアを着たミミが休憩していた。なんとなくしっとりと汗ばんでいる感じがする。

「おはよう、ミミ。トレーニングしてきたのか？」

「はい、これからお風呂に入ろうかと」

「そっか。じゃあメシの用意をしておくよ」

どうやら丁度擦れ違ったらしい。

「ありがとうございます。行ってきますね」

ミミが嬉《うれ》しそうに微笑《ほほえ》み、パタパタと足音を立てながら風呂に向かう。別に俺が出るのを待たないで乱入してくれても良かったんだけどな。ま、汗を流すだけならそんなに時間もかからないし、エルマもまだ起きてないからササッと済ませようと思ったのかね。俺と一緒に入ると長くなるからね。

「おう、おはよう」

「おはよー……」

朝食の準備をしているとエルマも起き出してきた。

「なんつー格好をしているんだ、お前は」

「彼シャツ的な」

どうやら俺の部屋のクローゼットからTシャツを持ち出してきたらしい。背の小さなミミよりは身長のあるエルマだが、それでも俺よりは背が低い。そんな彼女が俺のTシャツを身につけると、ダボダボというか丈の短いワンピースみたいになる。かなり際どいけど。

「今ミミが風呂使ってるから、交代で入ってこいよ」

「んー……」

どうにもエルマは朝が弱いようで、起き抜けはいつもこんな感じだ。こんなので傭兵として大丈夫なのかと思わなくもないが、こういう姿を晒《さら》すのは今日みたいに完全オフの日だけなんだよな。オンオフの切り替えが上手《うま》いっていうのかね、こういうのは。

「あ、エルマさんおは……凄《すご》い格好ですね」

「おはよー、私もお風呂いってくるねー」

ふわぁぁ、とあくびなんぞをしながら手をぷらぷらと振ってエルマがミミと入れ違いに風呂へと消えていく。そして唖然《あぜん》とした表情のまま取り残されるミミ。

「いいなぁ……」

「ミミにも俺のシャツやろうか？」

「いいんですか⁉」

「お、おう。ええで？」

予想以上の食いつきにちょっと引いた。俺のシャツなんてそんな喜ぶものじゃないと思うんだけど。でもまぁ、ミミが俺のシャツを着たら……前だけ際どいことになりそうだな。起伏がね、エルマとは違うからね。はっはっは。

「メシにしようか。日替わりで良いか？」

「はいっ」

ミミの元気の良い返事を聞きながら高性能調理器テツジン・フィフスに俺とミミの日替わりメニューを注文する。俺は大盛り、ミミは普通盛りだ。この船に乗ったばかりの頃《ころ》は普通盛りではちょっと量が多かったミミも、今はそれを無理なく食べられるようになっている。

運動もしっかりしているし、きっと身体《からだ》が適応してきたんだろう。身体つきはあんまり変わっていないように見えるけどな。

「エルマはあの様子だと長風呂《ながぶろ》だから食っちゃおう」

「そう……ですね」

思い当たるところがあったのか、ミミは少し迷った後に頷《うなず》いた。完全オフモードのエルマは風呂に入ると長いんだ。軽く一時間以上入ってるからね。きっと彼女なりのリフレッシュ方法なんだろう。

「んじゃいただきます、っと」

「いただきます」

俺が手を合わせると、ミミも俺の真似《まね》をして手を合わせる。

今日のメニューは炊きたての白米に見えるナニカと焼きたての鮭《さけ》の切り身に見えるナニカと卵焼きのように見えるナニカとポテトサラダのように見えるナニカだな。

いや、ナニカってなんだよって話なんだが、そのように見えるけど原材料は藻やオキアミめいた生物を加工したフードカートリッジだからな。実際のところ、食感や味はまさにそれそのものだから問題はないんだけどさ。

しかし、なぜ白米や鮭や卵焼きといった和食っぽいものにポテトサラダが混ざるんだ？　どれも美味《おい》しいんだけど、テツジンシェフはたまにわけのわからない組み合わせで日替わりを出してくるんだよな。

ちなみに、ミミの方はなんか深皿に入った大量のお粥《かゆ》みたいなナニカと焼いた肉のようなナニカとサラダっぽいナニカだった。ミミも満足そうに食べているので、あのお粥っぽいものはきっとそれなりに美味しいんだろう。多分。

「ミミ、それ一口くれ。とても味が気になる」

「いいですよー、はい」

ミミがお粥のようなものをスプーンで掬《すく》ってはい、と突き出してくる。ちょっと気恥ずかしいが、遠慮なく頂いた。ふむ……なんだろう、ほんのり甘い、もたっとしてまろやかな感じのスープのようなお粥のような……意外とお腹《なか》にはたまりそうな感じがするな。ほんのりチーズやはちみつっぽい風味もあるような。これは主食ではなくスイーツの類なのでは？

「美味しいですよね」

「美味《うま》いような気がする。すまん、食ったことのない味で判別がつかない。でもなんとなく二口、三口と食いたくなるような感じはあるな。お返しにミミにもこの卵焼きっぽいナニカをあげよう。はい、あーん」

「あーん」

箸《はし》で卵焼きを一口サイズにしてミミの口に運んでやる。この卵焼きっぽいものはふんわり甘めに仕上げられた一品で、きっとミミの口にも合うだろう。

「んー、美味しいです。はい、じゃあもう一口。あーん」

「あーん」

再びミミの手によってお粥のようなスイーツのような何かが口元に運ばれてきたので、素直に口にする。うーん、絶妙。甘すぎない優しい味なんだが、チーズっぽい感じや牛乳っぽい感じが合わさって物足りないことは全然ない。不思議な食べ物だ。

「あんた達……」

そんな感じで「あーん」の応酬をしていると、風呂から上がってきたエルマに呆《あき》れたような声をかけられた。

「おはようございます、エルマさん」

「おはよう、エルマ」

「はぁ……おはよう。邪魔ならもう少しお風呂に入ってくるけど？」

「？？？」

「なんだ、エルマもあーんして欲しいのか？　ほら、あーん」

箸で卵焼きを掴《つか》んで差し出してやると、エルマは指先で卵焼きを摘んでひょいっと口に入れてしまった。ぺろりと指先を舐《な》める仕草が妙に色っぽい。

「朝からイチャイチャと……まぁ、昨日《きのう》は私がヒロを独占したし、今日はミミの番かしらね？」

「えへへ」

ミミが頬《ほお》をほんのりと紅潮させてニマニマと笑みを浮かべる。そんなミミに苦笑いを浮かべながらエルマもテツジンで朝食を注文し始めた。

「何なら二人でデートにでも行ってきたら？　船には私が残ってるし、イナガワテクノロジーから連絡が来たら端末で報《しら》せるわよ。ああ、傭兵《ようへい》ギルドには一応顔を出してきてね。昨日は顔を出してないし、ここに滞在していることは伝えておいたほうが得だから」

「ああ、わかった。ミミもそれでいいか？」

「はいっ！」

ミミがフンスフンスと鼻息を荒くしながらグッと胸の前で両拳《こぶし》を握ってみせる。気合を入れているようだ。

「昨日のうちにリサーチはすませてありますからっ！」

「やる気満々だな」

「そうね。ちゃんとエスコートしてあげるのよ？」

「まったくリサーチしてないから無理だなぁ……情けないことに。まぁ、何かトラブルが起こったら俺が守るよ」

「それで良いわよ。十分だわ」

テツジンから朝食のプレートを受け取ったエルマが俺の隣に座る。

エルマさんや、朝から人造肉の分厚いステーキに山盛りのポテトサラダとかパワフル過ぎない……？　いや別にいいいんだけどさ。

#2：ミミとショッピング

「ここはターメーンプライムコロニーと随分雰囲気が違いますねっ」

「そうだな。あっちに比べるとかなり賑《にぎ》やかな感じがするし、歩いている人達の雰囲気も違うよな」

身支度を整えて船から降りた俺達は連れ立って明るい街並みの中を歩いていた。昨日エルマと一緒に歩いた常夜《とこよ》の街とは打って変わってとても明るい。

それに、歩いている人達はなんというか皆個性的だ。ターメーンプライムコロニーの第三区画を歩いている人達は皆同じような服を着ていたものだが、このアレインテルティウスコロニーの地下区画を歩いている人々の服装は実にバリエーション豊かである。

スーツのようなものを着ている人もいるし、まるでゴスロリファッションのようなドレスを着ている人もいる。それ服なの？　って言いたくなるような全身タイツめいたものを装着している人もいるし、何かメカメカしい格好の人もいる。アレはサイボーグか何かなんだろうか？

それによくわからん異星人らしき生命体も多いな。人型なのはまだいい。顔がどう見ても両生類だったり、爬虫類《はちゅうるい》だったり、猫だったり犬だったりキツネだったりするのもまだわかる。ケモ耳がついているだけの人とか、青肌で角つきの色っぽいお姉さんとかは是非お知り合いになりたい。

でもあの宙に浮いてるクラゲっぽいのとか、触手の生えた電球みたいなのとか、どう見ても薄い本に出てきそうな触手タワーっぽいものとかどう反応すれば良いんだ？　コミュニケーションを取れるのか？　あれは。

いや、気にしたら負けだ。俺は必死にそれらの情報を脳内からシャットアウトした。真面目《まじめ》に受け止めるとＳＡＮ値がピンチになりそうだ。

「地下のほうが明るいとはなぁ」

「地上というか、港湾や駐屯地のある表層区画はいつも夜みたいに暗いそうです。基本的にはこういった地下区画で生活する人が多くて、地下区画では時間によって朝、昼、夕方、夜で明るさを変えているそうですよ」

ミミはそんな人々を見てもまったく動じる様子がない。見慣れているのか？　そういう異星人がいるということを最初から知っているのとそうでないのとでこんなに違うものなのだろうか。

「あのビルは天井まで続いてるんだな」

俺は異星人達の姿を視界内から追い出すために高層ビルを見上げた。でかいなぁ、何階建てだろう？

「構造を支える柱の役目もあるみたいです。一番下はコロニーの外にまで突き抜けてるとか」

「あー、そういやコロニーの外壁にもビルっぽいものが突き出てたよな」

入港する時にコロニーの外壁を見たが、立方八面体の面の部分はのっぺりとしているわけではなく、所々にビルのようなものが突き出ていた。多分、あの天井まで貫いているビルはそのうちの一本なんだろうな。

「あのビルにはどんなテナントが入っているんだ？」

「色々ですね！　様々なレストランや商店、クリニック、商社のオフィスやホテルなんかも入ってるみたいですよ」

「ほー、そりゃあれだな、あのビル一つ探索するだけで一日楽しめそうだな」

「多分全《すべ》てのお店を回ろうとしたら一日じゃ済みませんね」

そんな話をしながら街中を二人で歩いていく。朝食は食べてきたばかりなので、何か食事をしたいということもないし、さてどうしたものか。

「服でも見に行くか？」

「うーん、そうですね……でも、今ある服だけでも十分ですし」

「お洒落《しゃれ》着《ぎ》とか買おうぜ。あんな感じのドレスとか着たミミも見てみたいし」

そう言って斜め前の方向に佇《たたず》んでいるロリータ・ファッションめいた可愛《かわい》らしいドレスを着ている女性を視線で示すと、ミミの顔が真《ま》っ赤《か》になった。え？　何なん？

「なんか俺マズいこと言った？」

「いえ、あの、ああいうのは私には似合わないかなー、と」

微妙に視線を逸《そ》らしつつもチラチラと女性のほうに視線を送っている辺り、興味がないわけでもなさそうだ。よし、ここは強引に行こう。

「そんなことないない、俺が見たいから是非行こう。今行こう」

「え、ええと……」

「リサーチした店の中にああいうのを扱った店もあるよね？」

「あり、ますけど……」

俺はニッコリと笑う。一方ミミは笑顔を引《ひ》き攣《つ》らせた。ははは、観念したまえ。

☆★☆

ミミに案内されて辿《たど》り着《つ》いたのは例の天井を貫く高いビルの中に入っているテナントの一つだった。ショップ名は『アトリエ・ピュア』とある。

「ここか……」

「はい」

俺は二の足を踏んでいた。

ここに来ようと言ったのは確かに俺だ。俺だが、しかし所謂《いわゆる》ロリータ・ファッションめいたドレスを扱っている店が一体どういう場所なのか、ということを失念していたことは認めなければなるまい。

言うなればそれは、男という異物が存在することが許されないファンシーとフリフリとふわふわでできた禁断の園《その》だった。奥のほうに何かヤバい系オーラを放っていそうな漆黒の空間も見える気がするが、基本的には『男性お断り』の雰囲気がもはや質量を伴ったエネルギーとして存在していそうな場所である。

「ミミ一人でというわけには、いかないいな」

「そ、そうですね……？」

「……イクゾー！」

「そ、そんな無理をしなくても」

ミミの手を取り、気合を入れて禁断の園に踏み込む。開店時間直後だからか、他に客の姿は見えない。それだけに、店員さん達の視線が一気に集中した。

揃《そろ》いの制服を着た店員さんの数は三名。それぞれの視線が俺とミミの間を素早く行き来し、同時に笑みを浮かべる。な、なんだこのプレッシャーは⁉

「いらっしゃいませ、お客様」

「当店のご利用は初めてですね？　ご来店ありがとうございます」

「当店をお選びいただき光栄です。我々スタッフ一同、全身全霊をもって沼に引きずり……ご満足いただけるよう努力いたします」

ぬるり、と。不思議な歩法を使って一瞬で距離を詰めてきた三人のスタッフが俺とミミを取り囲む。今、沼に引きずり込むとか言わなかったか⁉　何この人達コワイ！

「え、あ、うん。よろしくおねがいします」

俺はなんとか返事をすることができたが、ミミは店員達の圧力に呑《の》まれてしまっているのか俺の腕に抱きついて固まっている。ああ、胸部の凶悪なアレが腕に……よし、回復してきた。

「用件は……わかるね？」

「「「勿論《もちろん》ですとも」」」

三人の店員が声を揃えて満面の笑みを浮かべる。おお、なんと話の早いことか。今、俺と彼女達の利益はこの上なく一致しているのだろう。いろいろな意味で。

「正直、こういう店の服はどれくらいの相場なのかがわからないんだが……予算はある」

「なるほど。ちなみに、いかほどくらいまでで……?」

　こっそりと聞いてくる店員さんに提示する金額を考える。正直、元の世界でもまったく未知の領域なので相場というものがわからない。指針もないので適切な額の提示もできそうにない。

「一般的に一通り揃えるのに必要な金額はどれくらいなんだ?」

「そうですね……選ぶ服のメーカーにもよりますが、オーソドックスなところで揃えると1000エネルくらいからでしょうか」

「じゃあ1万……いや2万までで。彼女に似合いそうなのを見繕ってくれ」

　そう言って俺の端末のエネル残高を見せると、予算を聞いてきた店員さんが画面を見て一瞬固まり、それからとても深い笑みを浮かべた。

「予算オーバーのものでもご提案だけはさせていただいてもよろしいでしょうか?」

「節度を持ってくれるなら。予算オーバーの品ばかり提案されたら他に行くぞ」

「お任せください。二人とも、ちょっとこっちに」

　俺に予算を聞いた店員がミミを取り囲んで身体《からだ》のサイズを測っていたもう二人の店員を呼び、言葉短に情報を共有する。二人はビクリと身を震わせ、俺に視線を向けてきた。俺は深く頷《うなず》き、ミミに視線を向ける。三人の店員もミミに視線を向ける。

「え?　え?　な、なんですか?」

　急に全員の視線を集めて狼狽《うろた》えるミミが可愛《かわい》い。ミミは二人の店員さんに連行され、俺はこの場に残った店員さんに店の奥、カウンターの近くにある待合スペースのような場所に案内された。

「男性のお客様にはこのお店の雰囲気はお辛《つら》いでしょうから、こちらでお待ち下さい。今、お飲み物をご用意いたします」

「ああ」

確かにフリフリとふわふわだらけなこのお店の中を一人でウロウロするのは俺には難易度が高すぎる。これは有り難い。

「お嬢様のことは私達にお任せください。お嬢様に似合った最高のコーディネートをお約束いたします」

「プロに任せるよ」

俺の返答に店員の女性は極上の笑みを浮かべてから去っていった。例のぬるりとした歩法で。いやほんと何なのその妙な歩法。一瞬で目の前から消えるとか怖すぎるんだけど。

いつの間にかテーブルの上に置かれていたコーヒーに砂糖とミルクらしきものを投入し——いや待って、いつの間に出てきたのこれ。なにこれ超常現象？　ホラー？　マジ震えてきやがった……。

戦慄《せんりつ》しながらコーヒーを啜《すす》り、いつぞやのコスプレショップでダウンロードした着せ替えアプリでミミの３Ｄデータの着せ替えなどをしながら待つこと約三十分。

「お待たせいたしました」

「あ、うぅ……」

天使が誕生していた。白を基調として淡いピンクのフリフリがふんだんに施されたふわふわの可愛らしいドレスに、頭につけられた大きなリボン。足元は白いタイツかソックスに、これまた淡いピンク色の可愛らしい靴。そんな可愛らしさを前面に押し出した衣装を着たミミが顔を真っ赤《まっか》にして恥ずかしそうにモジモジとしている。尊い。

「……（無言で両手を合わせて拝む）」

「言葉にならないくらい尊いと。流石《さすが》お客様、わかっていらっしゃる」

「テーマはスイート&キュートですね。ご購入で？」

俺は頷き、無言で端末を差し出した。

「ありがとうございます！」

代金を支払い、カメラアプリを起動してミミの姿を様々な角度から動画に収める。こいつは後から動画のワンシーンを写真としても切り出せるすぐれものだ。

「あ、あわ、と、撮らないでぇ……」

「こんな可愛い天使を映像に残さないなんてとんでもない！」

「お客様、程々でお願いいたします。次もありますので」

「わかった」

全身をぐるりと舐《な》め回すように動画撮影した俺はミミを解放し、もう一度ミミの姿を眺める。

「天使だ」

「あ、ありがとうございます……？」

「ふふふ……では次の衣装にお召し替えをいたしましょうか」

「さぁ、お嬢様。どうぞこちらへ」

店員さん達に連れられてミミが再びふわふわの園へと消えていく。

席に戻ると、温かい紅茶とクッキーのようなお菓子が用意されていた。だからいつの間に用意されたんだよこれは……怖いわ。

既に衣装は選定済みだったのか、新しい衣装に身を包んだミミがすぐに現れる。今度の衣装は色合いは地味ながら、クラシカルで上品な雰囲気の漂う衣装だ。なんというか、いいところのお嬢様っぽさが滲《にじ》み出《で》る一品である。

「素晴らしい。これならギリギリ普段着にも使えそうだな」

「はい。そのようなコンセプトで作られています。よろしければ似たような品を何着かご用意いたしましょうか」

「採用」

「ありがとうございます」

「あ、あの……そんなに沢山は」

「俺の趣味だから。俺は趣味に妥協しない男だから」

遠慮しようとするミミに俺は首を横に振る。まだ当初の予算内だ、何の問題もない。それで可愛いミミが見られるなら安いものだ。

「ふふ、素敵ですね。さぁ、お嬢様、次の衣装を」

「は、はい……」

店員達に連れられてミミがまた店の奥へと向かう。次はどんなのが来るかな？　物凄《ものすご》く楽しみだ。

そうだ、さっきの動画をエルマに送ってやろう。

メッセージアプリを起動し、先程撮ったミミの動画を共有する。するとすぐに返信が来た。

『可愛い！　買ったの？』

『動画のものは既に購入した。他にももう少し大人《おとな》しいのも複数買ったぞ』

『良いわね。私にもそういうのを買ってくれても良いのよ？』

『お前はこっち系よりももう少し大人っぽいのが似合いそうだが……いや、アリだな。今度一緒にこの店に来てみるか？』

『いや、冗談だから。私は流石にこういうフリフリなのはちょっと……』

『そういう反応をされると是が非でも着てもらいたくなる』

『あんたはそういう性格よね』

などというやり取りをしながらミミのファッションショーを楽しんだ。

途中でレーザー光線をも防ぐというハイパーウィーブ製のドレスなども出てきたが、高すぎたので却下した。代わりにハイパーウィーブ製のインナーは注文したけど。

☆★☆

ロリータ・ファッション専門店『アトリエ・ピュア』を後にした俺達はその足で傭兵《ようへい》ギルドに向かうことにした。ミミの服装は最後に選んだ黒いゴスロリ風のドレスである。着慣れない服を着て衆目に晒《さら》されるのが恥ずかしいのか、俺の服の裾《すそ》を摘んで俺に隠れるようにして歩いているのがとても可愛《かわい》らしい。

「ミミ、そうやって歩いていると余計に目立つぞ。堂々といけ、堂々と。そのほうがかえって目立たないから」

「うぅ……わかりました」

「そして恥ずかしがる必要なんて一切ないからな。似合ってるから。めっちゃ似合ってるから。超かわいい」

「もうゆるしてください」

俺の攻撃でミミが両手で顔を覆って撃沈してしまった。違うんだ、フレンドリーファイアをするつもりはなかったんだ。本当にすまないと思っている。でも恥ずかしがるのも可愛いなぁ。

少ししてミミも落ち着いたのか、まだ少し恥ずかしそうにしつつも普通に歩いてくれるようになったので傭兵ギルドへと再び歩を進める。傭兵ギルドの所在地は『アトリエ・ピュア』の入っていたのとは別のビルの地上（？）階だ。船の発着場に近い港湾区画にあるらしい。

ビルに入ったらエレベーターに乗り、傭兵ギルドのある階へと移動する。このビルは上層三階、中層五十二階、下層三十階の計八十五階建てのビルになっているらしい。一階あたりの敷地面積がどれくらいなのかわからんが、凄《すご》いな。

この後のお昼ご飯はどうしようか？　などとミミと相談を始め、結論が出る前にポーンと音がした。エレベーターが傭兵ギルドのある階層に辿《たど》り着《つ》いたようだ。

連れ立ってエレベーターから出ると、周囲の視線が集まってきた。視線を向けてきている者の風体は様々だ。ガタイが良くて威圧感のあるステロタイプな傭兵の男性、同じく傭兵らしい二足歩行の爬虫類《はちゅうるい》系異星人、何がどうなってそんな格好をしているのかわからないが、ビキニアーマーを着ている褐色肌の女性、どう見てもメイドさんにしか見えない女性、揃いの宇宙服のようなものを身に着けた子供くらいの背丈の六人ほどの集団、作業服を着たレッサーパンダのような異星人、えとせとらえとせとら。

「なんかターメーンプライムコロニーの傭兵ギルドに比べると……賑《にぎ》やかだな？」

「そ、そうですね」

俺への視線はすぐに途切れたが、ミミへの視線はなかなか途切れないようでミミが少し居心地《いごこち》悪そうにしている。まぁ、そのうち慣れるだろう。俺は身振りでミミにカウンターへ行くことを促し、先に歩き始める。ミミが俺に従って歩き始めると若干だがミミへの視線が弱まったようだった。いかにも傭兵という感じの格好をしている俺の連れだと認識されたのだろう。

こういう時にテンプレ的な『可愛い子連れてるじゃねぇか新人よぉぉー？』みたいに絡んでくる噛《か》ませ役とかは特に居ないようで、俺達は至ってスムーズに傭兵ギルドの受付カウンターに辿り着くことができた。ミミが視線を惹《ひ》きつけるのは可愛いから仕方がない。自然の摂理だからね。

「いらっしゃいませ。本日はどのようなご用件でしょうか？」

俺の選んだ受付カウンターに詰めていたのは妙齢の女性だった。しっかりと傭兵ギルド職員の制服を身にまとったキャリアウーマンといった感じである。胸部装甲の厚さはエルマを圧倒、ミミ以下といったところか。美人さんだな。傭兵ギルドの受付嬢は美人に限るという選考基準でもあるんだろうか。

「俺はキャプテンのヒロ。こっちはオペレーター見習いのミミ。ターメーンプライムコロニーから移動してきたんで、その挨拶《あいさつ》だな。暫《しばら》くこの辺りに滞在して活動するつもりだ」

そう言って情報端末を見せると、彼女が読み取り機を差し出してきたのでその上に翳《かざ》す。ピッ、と読み込み音のような音が鳴ってカウンター上にホログラムディスプレイの画面が出現した。

「はい、確認しました。キャプテン・ヒロ様ですね。ランクはシルバー、クルーは二名……もう一

「名のエルマ様は?」

「船に残ってる。イナガワテクノロジーの件があるからな」

「イナガワテクノロジー……なるほど。当星系に来るなりとは、運が良いのか悪いのか」

「金が稼げるんだから悪いことじゃないと思いたいね」

俺がそう言って肩を竦《すく》めてみせると受付嬢さんは苦笑いを浮かべた。うん、わかってるよ。ちょっと俺達がトラブルを呼び込む体質だっていうのはね。薄々とね。金が稼げて逆に運が良いとでも思っておかないとやってられないよ。

「あちらからの接触は？」

「今のところはありませんね。恐らく報酬の算出と決裁の稟議《りんぎ》に時間がかかっているのではないかと。それなりに大きい企業なので」

「なるほど。先方から連絡があったら船か俺に連絡をよろしく頼みます」

「承知致しました……おや？」

受付嬢さんが突然声を上げて手元で何かを操作する。

「ジャストタイミングですね。ちょうど今イナガワテクノロジーから連絡がありました」

「Ｏｈ……先方はなんと？」

「報酬の提示額は50万エネルのようですね」

「相場がわからんなぁ……極端に安くなければ別にケチをつける気はないんですがね。ちょっと船に残ってるクルーと相談しても？」

「はい」

受付嬢さんの了承を得られたので、船に残っているエルマに通話を入れる。どうやら真面目《まじめ》に待機していてくれたらしく、エルマはすぐに通話に出てくれた。

『はい、エルマよ。どうしたの？　トラブル？』

「いや、傭兵ギルドに顔を出したところだったんだがな。ちょうど今イナガワテクノロジーから報酬額の提示があったんだ。50万エネルってことなんだが、妥当かね？」

『んー、曳航《えいこう》して帰ってきたわけでもないし、救援に駆けつけて星系軍が来るまでの護衛金額としては妥当だと思うわよ。中型客船が払う礼金としてはね』

「ならそれで受けていいか？」

『ええ、問題ないと思うわ。一応ミミにも相談してみてね』

「了解、ありがとうな」

『良いわよ。頼ってくれるのは嬉《うれ》しいからね』

じゃあ、私は船でのんびりしているわねと言ってエルマは通信を切った。それを確認した俺はミミにも視線を向ける。

「エルマは50万で大丈夫だと思うってさ。ミミは何か意見はないか？」

「イナガワテクノロジーは確か総合病院も経営していたはずです。ヒロ様の健康診断をするために紹介状などをいただくのはどうですか？」

「そうなのか、じゃあそれも要求してみるか。そういうことでお願いします」

「はい、ではその旨を先方にお伝えいたしますね。返信が来次第ご連絡いたします」

「よろしくお願いします。それと、聞きたいことがあるんですが」

「はい？　なんでしょうか？」

「このコロニーの名物とか美味いもんが食える飯屋を教えてください」

まさか傭兵ギルドのカウンターでそんなことを聞かれるとは露程にも思っていなかったのか、受付嬢さんが頭の上に疑問符を浮かべまくって固まった。

そんなに意外な質問かね……？

#3：健康診断

ミミとのデートを楽しんだ翌日、イナガワテクノロジーからのメールで紹介状を受け取った俺達は三人でイナガワテクノロジーの経営する総合病院へと向かっていた。

え？　名物料理？　名物に美味《うま》いものなしなんて言うが、俺は割とそういう意見には懐疑的な立場だ。常識的に考えて名物と呼ばれるものが不味《まず》い訳がない。

そう思ってました。

いやね、確かに合成されたてのフードカートリッジの中身なんてのは産地じゃないとなかなか味わえないと思うよ？　でもね、素材の味そのままにそれをペースト状にしてみましたみたいなもんはどうかと思うね。

一応腹は膨れたし、旨味《うまみ》はあったけどもさ。なんていうの？　旨味のあるシェイク？　しかもLサイズ。いや、もうなんか喩《たと》えようがないな。栄養補給ペーストとしか言いようがなかったわ。

これには俺もミミもチベットスナギツネみたいな表情をせざるを得なかったね。あの受付嬢さんは俺達に何か含むところでもあったのだろうか？

「どうしたのよ、砂でも噛んだような顔をして」

「いや、あの屋台を見るとな……」

イナガワテクノロジーが経営する総合病院への道の途中で、俺達が昨日《きのう》寄ったのと同じ屋台を見つけたのだ。横を見ると、ミミも同じような顔になっていた。ちなみに今日のミミは診察で服を脱ぐことも考えられるので、シンプルなトレーニングウェアの上にジャケットを着込んでいるような感じである。俺もエルマもだいたい同じような格好だ。一応レーザーガンは全員携行してるけど。

「マズかったの？」

「ギルドの受付嬢にオススメされたんだが、まぁ酷《ひど》かったな」

「得難い体験でしたね……」

ここでないと口にできないという意味では確かに名物だったのかもしれないけどな。安くて腹が膨れるのは悪くないが……何度も食いたいものではないな。

俺とミミがあの屋台で出された栄養補給ペーストがいかに不味《まず》かったかということを力説しているうちに大きなビルに辿り着いた。ビルの壁面にはイナガワテクノロジーの社名がでかでかとペイントされている。あのビル全部イナガワテクノロジーのテナントなのか。

「すんごいわかりやすいな」

「そうですね。遠くからでもわかりやすいですねー」

ミミがビルを見上げて感心している。エルマは特に思うところはないのか、コメントはなかった。

三人揃《そろ》ってビルのエントランスに入る。

「何階だろうな？」

「ビル内のナビロボくらいあるでしょ」

なびろぼとはなんだろう？　と考えながらエルマの後に続くと、エルマは壁面にあったコンソールのようなものに自分の情報端末を翳した。そうするとピピッ、となにか電子音のようなものが響き、壁面の丸い穴から握《にぎ》り拳《こぶし》ほどの球体が飛び出てくる。

『いらっしゃいませ。私はナビゲーションユニットＮ－３４です。エルマ様を目的地へとご案内致します』

「ほう、ハイテクぅ」

「ハイテクでもなんでもないじゃないこんな……そっか、あんたにとってはハイテクなのね」

「そうなんです」

「そうなんですか？」

「そうなんです」

ミミが首を傾《かし》げる。そういえば、ミミには俺が異世界から来たんです的な話をしていなかったな……今晩にでも話すとするか。別にミミは俺を疑ってないし、話す必要もないとは思うけど。一応エルマに相談してみるかな？

コロコロと転がりながら俺達を案内するナビゲーションユニットの後を追って移動を開始する。どうやら早速エレベーターに乗るらしい。

「うーん、なんか可愛《かわい》いなこいつ」

「そう？　なかなか独特な感性ね」

「ええ？　小動物っぽくて可愛くない？」

「ちょっとわかるかもしれません。小さいのに頑張ってる感じがしますよね」

ナビゲーションユニットが自動で移動階を指定し、エレベーターが動き始める。そう言えばこの世界のエレベーターは途中で止まって他の人が乗り込んでくることがないんだけど、一体どういう仕組みになってるんだろうな？　とても謎だ。

程なくして目的の階層に辿り着いたのか、エレベーターの扉が開いてナビゲーションユニットが再びコロコロと転がりだした。ころんころんと電子音をわざわざ出している辺り微妙にあざといな。きっと同行者がよそ見をして見失っても音でわかるようにしてるんだろうな。

「着いたみたいね」

医師や看護師らしき白衣の人達と何度か擦れ違いながら通路を進んだ先に開けた空間が見えてきた。いかにも医療機関って感じの清潔そうな明るい空間だ。

「やぁ、ようこそ。待っていたよ」

ナビゲーションユニットがその場所に立っていた人物の足元で止まる。

女性だ。背の高さは俺と同じくらい。腰まである濃い茶色の長い髪の毛を三つ編みで一本にまとめていて、両手を白衣のポケットに突っ込んでいる。少し野暮ったい感じのする眼鏡《めがね》の奥からこちらに向けられる視線はどこか眠たげな雰囲気だ。顔立ちは地味だが、美人の類だと思う。胸部装甲の厚さは……ミミと同等レベルだな。エクセレント。

「私はショーコ。今回、君達の健康診断を担当する……まぁ、医者だね。よろしくね」

そう言って彼女はにへらっと微笑《ほほえ》んだ。

☆★☆

「私はキャプテンのヒロ、こっちはクルーのエルマとミミです。よろしくお願いします、ショーコ先生」

「ああ、いいよいいよ。もっと気楽な言葉でね。私も肩が凝っちゃうしね」

「そうですか？　それじゃあそういうことで」

その胸部装甲ならさぞ肩も凝るだろうな、と思いつつ頷《うなず》く。

「今日は総合的な健康診断ということだったね？」

ショーコ先生がどこからかタブレット端末を取り出して問いかけてくる。いや、どこから出てきたの？　そのタブレット。さっき両手とも白衣に突っ込んでたよね？

「ええ、特に俺は予防接種の類も何を受けてて何を受けていないのかわからん状態でして。ミミもターメーンプライムコロニー内で受ける一般的なものしか受けていないはずですから。傭兵《ようへい》としてあちこち飛び回ることになるんで、その辺もしっかり受けたいんですよね。エルマはどうなんだ？」

「私は一通りそういうのは受けてるわよ。そもそも、私みたいなエルフって免疫系が人間よりも強いから、そんなに必要ないみたいなのよね。でも、更新すべきものもあるかもしれないしやっぱり一通り診てもらったほうが良いと思うわ」

「なるほど。他に気になる点とかはあるかな？」

「あの、ヒロ様は記憶喪失し――」

「すまんミミ、それは嘘《うそ》なんだ」

「えぇっ⁉　そうなんですか⁉」

ミミが愕然《がくぜん》とした表情をしている。正直申し訳ない。

「記憶喪失ではないが、ちょっと複雑な事情がな……簡潔に言うと、記憶があやふやではあるんですよ。俺はハイパードライブの事故か何かで船と一緒に突然ターメーン星系に飛ばされて来てましてね。なんでそんなことになったのか自分でもよくわからない。船の寄港記録もターメーン星系以前のものはどこにも見当たらない。まるでこの世界に突然現れたみたいな状況なんですわ」

「……へぇ？　それはなんというか、不思議だね」

「不思議なんですよねぇ。そういうわけで、そのハイパードライブ中の事故か何かで前後の記憶とかがあやふやな上に、ちょっと現状と一致しない部分もあったりしましてね。その影響が身体《からだ》に深刻な影響を与えていないかどうか、詳しく調べてほしいというのもあるんですよ」

「なるほど。ハイパードライブ中のトラブルで心身に何か負担がかかっている可能性がある、と。確かにそれはしっかりと検査したほうが良いだろうね」

ふむふむと頷きながらショーコ先生がタブレットを操作する。カルテでも作成しているんだろうか？

「なにか特別な病歴とかはないかね？」

「俺は特にないな。思い当たる限りは、だけど」

「私もないですね」

「私もないわ」

首を横に振った俺と同じようにミミとエルマも首を横に振る。俺は特にアレルギーとかもないし、身体は健康そのもののはずだ。

「じゃあ、早速始めようか。まずは医療ポッドでフルスキャンだね。ここに備えられているのはうちの最新型だよ」

「イナガワテクノロジーの？」

「そうさ。銀河におけるシェアは他社とどっこいだけど、性能は折り紙付きだよ。少々大きいのと価格が高いのが玉に瑕《きず》だけどね。うちは高級志向なのさ」

誇らしげにそう言って歩き始めたショーコ先生の後ろについてゆく。ショーコ先生が歩きながらイナガワテクノロジーの医療ポッドの解説をしているが、正直ちんぷんかんぷんだな。専門的な用語が多すぎて理解が及ばない。

「というわけなんだよ」

「二割も理解できませんでした」

「すごいのはわかりました！」

「そうね、すごいのはわかったわね」

「うん、とにかくすごいんだ。それでいいよ」

特に気分を害した様子もなく、ショーコ先生はご機嫌のようである。他人のこういう反応に慣れている感じがするな。どっちかというとこの人、現場で患者に医療を施すよりも研究畑の人なんじゃないだろうか。

「まぁ、君達は私の命の恩人だからね。最高の設備でしっかりと診断するから安心してほしい」

「命の恩人……？　あの船に乗っていたんですか？」

俺達のほうを振り返ったショーコ先生にそう問いかけると、彼女は大きく頷いた。

「そうさ。あの時はもうだめだと思ったね。私は女だけど地味だし、もし宙賊が船を撃破しないで乗り込んできたとしても『処理』されてた可能性が高かったから」

そう言って彼女は肩を竦《すく》める。いやー？　それはどうですかね？　ショーコ先生はよく見れば美人だし、胸部装甲も厚いから宙賊に攫《さら》われてたかもしれないよ？　それが『処理』されるより幸運なのかというと、正直そうとも思えないけど。

「まぁ、そういうわけでね。実は君達の健康診断を担当する件も割と無理矢理気味にねじ込んだんだ。本当は私は研究開発部の人間でね……ああ、心配はしないでほしい。ちゃんと医師としての免許は持っているし、医師としての腕だってそこらの医院の自称敏腕医師よりは上だと自負しているよ」

「なるほど」

なるほどとしか返しようがねぇ。チェンジとも言えないし、言うことを疑うのも失礼だし。

ミミとエルマに視線を向けてみると、二人とも微妙に不安そうな表情をしていた。そうだよな。そうなるよな。でも、自分で大丈夫だと言っているし俺達は彼女を信じる他ない。

なに、納得できなかったら他の医療機関でもう一度健康診断を受けるって手もある。ここは大人しくショーコ先生に診てもらうのが吉だろう。

「さ、この部屋だ。どうぞどうぞ、入って」

「はーい……おお」

「わぁ」

「へぇ」

ショーコ先生に案内されて入った部屋にはクリシュナの医務室にある簡易医療ポッドとは比べ物

にならないほど立派な装置が何台も並んでいた。これは確かにデカイわ。クリシュナの簡易医療ポッドはちょっと横幅の小さなベッドって感じの大きさだが、この部屋にある医療ポッドはそれ単体でクリシュナの医務室と同じくらいの大きさがある。高さはおよそ2m、奥行きもおよそ2m、横幅は軽く3mを超しているんじゃないだろうか。

「でかいな」

「でかいだろう。だが、こいつには一台一台にデータ分析用の陽電子コンピューターが搭載されているんだ。性能は折り紙付きだよ。さぁ、服を脱いで各自医療ポッドに入ってくれ」

「ええと、どこまで？」

「全部だよ」

「全部っすか」

「全部だ。ああ、検体の裸は見慣れているからね。私のことを気にする必要はないよ」

「あっはい……」

気にするのはショーコ先生ではなく裸になる俺達なのでは……？　そう思ったが口には出さず、上着とトレーニングウェアを脱いでチラリとミミとエルマのほうを――。

「おうふ」

エルマの投げた上着が俺の顔にクリーンヒット。ばさっと広がった上着が俺の視界を奪う。

「ミミ、さっさと脱いで入っちゃいなさい。あんたは私達が入るまでそのままでいなさい。いいわね？」

「アイアイマム」

ビシッと敬礼をしてその言葉に従う。しかし俺は既に素っ裸なわけで、頭に女物の上着を被《かぶ》ってブラブラさせてるのって変態度高くない？　誰《だれ》も気にしないって？　そうですか。

「二人は医療ポッドに入ったよ」

ショーコ先生に声をかけられたので、頭に被った上着を取って俺が脱いだ服を入れていた衣装籠《かご》に放り込む。

「ありがとう。お見苦しいものをお見せしまして」

「いえいえ、結構なお手前で」

なんとなく頭を下げ合ってしまった。このまま見つめ合っていても仕方ないので、俺も医療ポッドの蓋《ふた》を開いてその中に身を横たえる。うーん、微妙に窮屈なこの感じ。なんかあれだ、以前健康診断でＭＲＩを受けたときのことを彷彿《ほうふつ》とさせる。

あれなー、検査前に飲んだ薬の効果なのか身体が芯《しん》から熱くなるような不思議な感覚なんだよなー。身体が熱くなっちゃうぅぅ！　って感覚を自分の身で体験することがあるとは思わなんだ。あれは革命的な体験だったね。

『聞こえるかい？　今からスキャンを開始するからそのままリラックスしててね』

「へーい」

言うとおりにして待つこと暫《しば》し。医療ポッド内に何度も薄緑色の光が走り、俺の身体をスキャンしていく。俺はこの世界の人間じゃないからなぁ。なんか変なことにならなきゃいいけど。

『はい終了ー。ポッドを開けるから出て服を着ていいよー』

プシュー、と空気の抜ける音がして医療ポッドの蓋が開く。さして時間もかからずに検査が終わるのは流石《さすが》ＳＦ世界ってところだろうか。いそいそと服を着込み、エルマの上着を返してやる。

「私とミミはともかく、あんたの結果がちょっと怖いわよねー」

「何事もなければ良いんですけど」

「言うな、不安になってくる」

「あはは、心配はいらないと思――――んん？」

タブレットを見ていたショーコ先生が急に目を細めてタブレットの画面を凝視し始める。先生、眉間《みけん》に皺《しわ》、皺寄ってますよ。

「いや、うーん？　ええ……？」

「めっちゃ不安になるんですけど」

「いや、うーん……ヒロ君、ちょっと聞いていいかな？」

「はい」

「いろいろ腑《ふ》に落《お》ちないというか、聞きたいことがあるんだけど、まずは……君、多言語翻訳インプラント入ってないみたいなんだけど」

「そうなんですか」

入れた覚えもないから入っていないのも当たり前だろうな。でも、入っていないとおかしいみたいだな、この反応を見る限りは。ミミとエルマも『え？　嘘《うそ》でしょ？』みたいな顔してるし。

「入ってないとおかしいんですね」

「おかしいね」

「おかしいわね」

「おかしい、ですね」

俺以外の三人が声を揃えて頷く。どうもこの多言語翻訳インプラントというのは銀河中に普及しているもので、生まれた直後に脳に移植されるのが当たり前であるらしい。出生申請をすればどんな立場の人間でも無料で移植されるものであるらしく、俺の歳《とし》になって移植されていないなんていうのはほぼありえないのだとか。

「でも、ヒロ様は今まで言葉に不自由してないですよね？」

「そうね、そういうのは見たことがないわね。常識は知らないみたいだけど」

「そうなのかい？　ちょっとテストしてみて良いかな？」

「どうぞ」

ショーコ先生がタブレットを操作しながら口を開く。

「今からこのタブレットで多くの異星言語を流すから、そのタブレットから聞こえたのを同じことを復唱してくれるかい？　多言語翻訳インプラントのテストプログラムなんだけど」

「勿論《もちろん》」

「じゃあ、始めるよ」

ショーコ先生の持つタブレットから日常会話のようなものが流れ始めたので、聞こえたとおりに復唱していく。全部日本語で聞こえるんだけどね、俺には。

何の問題もなくテストプログラムが終了する。

「問題ないみたいだね。一体どういうことなんだろう？」

「俺にはさっぱりわかりませんが」

なんだろう、異世界転移ものでよくある言語翻訳ボーナス的なものなんだろうか？　ここＳＦの世界ぞ？　そんなのよりも一般人と同じようにインプラントぶち込んでおいて欲しかったよ……というかマジで意味がわからない。どう解釈すれば良いんだ、これは。

「えー、とりあえず大丈夫そうということでインプラントがないことに関してはスルーでお願いします」

「ぇぇ……個人的に凄《すご》く気になるんだけど」

「ノゥ、俺はショーコ先生のモルモットになるつもりはありませんので。次の項目お願いします」

「仕方ないなぁ……ええと、次に気になったのはね。君、どこ出身？」

「俺の認識だと太陽系の第三惑星、地球ですね。ソル星系って言ったほうが良いのかな」

太陽系第三惑星とか日常的に言うことも聞くこともあまりないよな。俺はゲームとかで聞くからスッと答えられたけども。

「ソル星系……聞いたことないなぁ」

ショーコ先生がミミとエルマに視線を向けるが、彼女達も首を横に振った。

「俺の出身はとりあえず脇に置いておいて、一体それがどうしたんで？」

「うん、君の遺伝子データなんだけど、今までに観測されたことのない値が多いんだよね」

「うん……？」

「調べた限り、身体《からだ》の機能そのものは一般的なヒューマノイドと変わらないみたいだから問題はないんだけどね。とっても興味深いね。今までに観測されてない遺伝子データということは、今まで我々が持っていなかった特殊な因子を抱えている可能性があるってことだからさ」

「もっとわかりやすく」

「君の遺伝子データは未開拓のフロンティアに溢《あふ》れているね。ちょっと分けてくれない？」

「えぇ……」

チラリとミミとエルマに視線を向けると、二人はどう判断したら良いのかわからないといった顔をした。そうだよな、俺もわからん。

「そうすることによるメリットは？」

「そりゃもう高いよ。高く買うよ。未知の遺伝子データというものはこの宇宙と同じくらいのフロンティアだからね！」

ショーコ先生が興奮した様子で迫ってくる。近い近い。眼鏡《めがね》の奥から飛んでくる視線が強いって。彼女の両肩にそっと手を置き、少し間合いを空けてもらう。

「俺にデメリットは？」

「特にないと思うよ。うちは情報セキュリティもしっかりしてるから、漏れることもないだろうしね。ただ、よそで同じような検診を受けることはおすすめしないね。下手《へた》なところに当たるとそれこそモルモットにされるかもだし。うちはしっかりしてるからね、遺伝子データを貰《もら》えるならつきまとったり不当に拘束したりしないということを約束するよ」

「うーん」

大事《おおごと》になってきた。予想していなかったわけじゃないが、こんなに大事になるとは思わなかったな。どうしたものか……ここは要求に従って、健康面でのケアをイナガワテクノロジーに一任するのが良いだろうか。

「わかりました、遺伝子データの提供に関しては前向きに考えます。こちらからの要望としては、その代わりに今後の医療的なケアを全面的にイナガワテクノロジーに任せたいですね」

「それは問題ないよ。というか、こちらとしても願ったり叶《かな》ったりだ。他社に君の遺伝子データを引っこ抜かれるのは避けたいしね」

「それじゃあそういうことで。具体的な金額の提示は今すぐには無理ですよね？」

「あー……それは、そうだね。私にはそこまでの権限はないし」

「じゃあ、遺伝子データの提出については金額が決まり次第ということで。今日のところはメディカルチェックと予防接種を――」

「予防接種は遺伝子データの採取後にして欲しいな。データが変異する可能性があるからね。できるだけナチュラルなデータが欲しいんだ」

俺の言葉を遮り、ショーコ先生はニッコリと微笑《ほほえ》んだ。遺伝子情報が変異する予防接種ってどういうものなんだよ……ちょっと怖いんだけど。

「ということはまた来なきゃならないのか……」

「いやいや、そうはならないよ。今、大至急案件ってことでスキャンデータを上に上げたからね。程なくして金額の提示がなされるはずさ」

「なるほど？」

「ヒロ君はしばらく待機してもらうとして、ミミちゃんとエルマさんに関しては診断を進めていこうと思う。別室で診察を続けるから、ナビロボットについていってくれるかな？」

ショーコ先生がそう言うと、部屋の隅から先程のナビロボットと同じタイプのものがコロコロと転がってきた。

「わかったわ。さっさと終わらせてきましょう」

「ヒロ様……」

「そんなに心配しなくても大丈夫よ。取って食われるわけでもないし、ヒロだって子供じゃないんだから……」

心配そうな表情をするミミを苦笑しながらエルマが引っ張っていった。

「私達は一度ロビーに戻ろうか。話をするならあそこが良いだろう」

「わかりました」

ミミとエルマを見送り、俺はショーコ先生に促されてロビーへと戻ることにした。ショーコ先生はスキャンした俺の遺伝子データが気になって仕方ないらしく、しきりにタブレット端末を操作している。

「あの二人には他のスタッフがしっかりと対応するから安心して欲しい。私みたいな研究畑の人間じゃなく、現場の人間がね」

タブレット端末に目を落としながらそう言うショーコ先生に思わず苦笑いが込み上げてくる。やっぱりこの人は完全に研究畑の人間なんだろうなぁ。一度気になり始めたら止まらない辺り、いかにもって感じだ。

「さいですか……というか、気になったんですがそんなに簡単に予算って下りるものなんですかね？」

「未知の遺伝子データ提供に対する報酬はその貴重度とか商品への応用が効きそうかどうかという

将来性、未知の部分の多さに応じてある程度決まっているからね。スキャンした遺伝子データを送ればそんなに時間はかからないと思うよ……と、言っているうちに下りてきたね！」

「早いっすね」

この人、今日の俺達の診察の件でも無理矢理ねじ込んだとか言ってたし、研究畑の人間とか自分で言ってるけど、意外と政治力が強いタイプなのかもしれない。

「そういうわけで、お金の話なんだけどね」

「身も蓋もない」

「お金って便利なツールだよね。通常であれば長い時間をかけて培わなくてはならない信頼関係を数字で補うことができるという意味で」

「確かに。それで、提示額は？」

「300万エネルだね」

「物凄《ものすご》い大金だな。俺の遺伝子データにそんな値が？」

日本円に換算して約3億円だ。別に特別な血筋というわけでもない俺の遺伝子データにそんな高値がつくことに驚愕《きょうがく》を禁じ得ない。

「さっきも言ったけどね、ヒューマノイドの未知の遺伝子情報はまさにフロンティアなんだよ。もしかしたら私達をもう一段上の存在に押し上げてくれるかもしれない、そんな可能性を持っているのさ」

「もう一段上の存在って……」

一体どういう風に利用するつもりなんだこの人は……いや、異世界の生命倫理なんてどうなってるかわかったもんじゃないし、俺が口出しするのはナンセンスか。

「俺の個人情報はしっかりと守ってくれよ……」

「それは勿論。契約書はこんな感じだよ」

そう言ってショーコ先生は自分の持っていたタブレットを俺に手渡してきた。内容を確認してみるが、概《おおむ》ね問題はなさそうである。俺の個人情報は守る、勝手にクローンを作らない、破った場合賠償金としてイナガワテクノロジーは俺に3000万エネルを支払い、俺の遺伝子データの解析や研究、利用を一切停止することとする……そんな感じの俺に有利な内容が羅列されている。俺が先程要望した今後のメディカルチェックに関してイナガワテクノロジーに面倒を見てもらう、という契約も条項には盛り込まれていた。

どこかに落とし穴があるんじゃないかと何度も読み返したが、やはり問題はなさそうだ。

「用心深いねぇ」

「自分の遺伝子データを預けるとか怖いだろう。それに俺に有利な条項が多すぎるのもな」

「そこまで有利な内容かな？　この契約だと君の遺伝子データを解析して得た成果でイナガワテクノロジーがいくら儲《もう》けても君には1エネルも入らないんだけどね」

「なるほど。でも変に欲をかいても碌《ろく》なことにならなそうだ。俺は自分の手でコツコツ稼いでいくつもりだから、そこは別にって感じかな」

「なるほど、傭兵《ようへい》らしい答えだね」

俺の言葉を聞いてショーコ先生がにへらっ、と緩い笑みを浮かべる。

こんな方法で手に入れた金なんてあぶく銭くらいに思っておいたほうが良いだろう。勿論拒否するって選択肢もあったと思うけど、イナガワテクノロジーは既に俺の遺伝子データの価値を知っているわけで……まぁ、それはそれで面倒なことになりそうだよな。

そういうわけで、俺が過剰に不利にならないような状態でイナガワテクノロジーに従うというのはベストではないのかもしれないが、ベターな手じゃないかと俺は思うわけだ。俺とクルーの安全が最重要だな。

「結論は出たみたいだね」

「ああ」

画面に指を滑らせて契約書の署名欄にキャプテン・ヒロと署名をする。これで契約は成立だ。

「いやぁ、契約がまとまって良かったよ！　それじゃあ早速血液と精液を採取しようか」

「それは良いけど……血液はともかく、精液はどうやって……？」

「ふふ……期待してくれて、良いよ？」

ショーコ先生は怪しげな視線を俺に向け、自分の口元をぺろりと舐《な》めた。

「まってまってまってこんなの聞いてないぞやめて許してアッーーー！」

「ううう っ……おれのじゅんけつが……」

「はい、お疲れ様ー」

蓋《ふた》の開いたイナガワテクノロジー製医療ポッドの中でさめざめと涙を流していると、ショーコ先生のぽややんとした声が降ってくる。

どうやって精液を採取されたのかって？　察してくれ、思い出したくないんだ……医療ポッドに入るのがトラウマになりそうだよ。

「人によっては病みつきになるみたいなんだけどなぁ」

「にどとごめんこうむりたい」

医療ポッドから這《は》い出て服を身に着ける。ああ、なんかケツに違和感が……もう二度と遺伝子データの提供なんてしないぞ。絶対にだ。ショーコ先生とのエロ展開を期待してたのに……そんな甘い話があるわけもないよな。常識的に考えて。ハハッ。

「とにかく、これで遺伝子データの提供は完了だよ。いやぁ、楽しみだねぇ……くふふ」

テンションが地の底まで落ちている俺とは対照的にショーコ先生のテンションは非常に高い。頬《ほお》を桜色に染めながら実に楽しそうにニコニコしていらっしゃる。こんなに嬉《うれ》しそうな様子を見せられると怒る気にもならないな。

「お、いたいた。ただいまー……ってどうしたのよあんた、目が赤いんだけど」

「ヒロ様？」

「なぐさめてくれ」

そう言ってエルマに抱きつこうとしたら顔を押さえられて拒否されたので、膝《ひざ》をついてミミの大

きなお胸に顔を埋《うず》めた。ふわー、やぁらかいんじゃぁぁぁぁ……あ、ミミが頭を撫《な》でてくれている。好き。

「ちょっと、どういうこと？」

「遺伝子データの提供にご同意いただけたから、早速遺伝子データを提供してもらったんだけどね。どうも処置がお気に召さなかったみたいで」

「処置？」

「精液を採取するためにね、こう、ずぶりと」

「あぁ……」

俺に降り掛かった災難が赤裸々に暴露されていく。酷《ひど》いよ、傷口に塩を揉《も》み込むような悪魔の所業だよ。これはミミに沢山慰めてもらわないと。ふへへ。

「ヒロ様、相当嫌だったんですね……かわいそう」

「その程度で堪《こた》えるタマじゃないでしょ。それをダシにして甘えてるだけよ」

「酷いですよ、エルマさん。ヒロ様の目、赤くなってたじゃないですか。本当に嫌で泣いたんだと思います」

「それはそれで情けなくない……？」

ミミがちょっと怒ったような声でそう言って俺の頭をギュッと抱きしめてくれる。ちょうしあわせ。薄情なエルマは微妙そうな声音だけど。

「うん、それについてはすまなかった。そこまで嫌がるとは思わなかったし、正直に言うと色々と楽しみすぎて説明を端折《はしょ》ってしまった。ちゃんと説明してどこかの個室で自分で採取してもらうか、私が直接手伝うべきだったね」

ショーコ先生が手伝うなんて選択肢もあったんですか？　マジで？　どうして俺はその未来を掴《つか》み取れなかったんだ……。

「自分でやるくらいなら私達を呼びなさいよ……先生はこいつにそこまでする義理はないでしょ」

「おや？　そんなことはないさ。ヒロ君に助けられていなかったら、今頃《いまごろ》私は宇宙の藻屑《もくず》だ。それを考えればそれくらいなんでもないさ」

「ふぅん……？」

ショーコ先生のクスクスと笑う声とエルマのちょっと不機嫌そうな声が聞こえてくる。なんだか微妙な空気になりつつあるような……？　ミミは相変わらず俺の頭を胸に抱いたまま、あやすように俺の頭を撫でてくれている。脳味噌《のうみそ》が蕩《とろ》けそう。

「よし、復活した」

「ヒロ様、もういいんですか？」

「大丈夫、復活した」

ミミの胸に顔を埋め続けるという強力な誘惑を振り切り、立ち上がる。視線を移すと、エルマは呆《あき》れたような表情を俺に向けていた。

「大の男がちょっとつつかれたくらいで泣くんじゃないわよ」

「ちょっとじゃないぞ。ずぶりだぞ。お前、そこまで言うならいつかお前にも似たような体験をさせてやるからな。覚えてろよ」

「えっ⁉　い、いや、それはちょっと」

エルマがちょっと顔を青くしてあたふたし始める。だが私は許さない。覚えてやがれ。

「それで、あとは予防接種だったか」

「そうだね。生理機能に関しては普通の人間と変わらないようだから、問題なく適用できると思う。基本的に副作用はないけれど、大事を取って三日くらいは安静にしておいたほうが良いよ」

「なるほど、了解だ。それじゃあ案内してくれ」

「わかったよ。君達はロビーで待っててくれるかな？」

「わかったわ」

「わかりました」

頷《うなず》くエルマとミミの二人と別れ、別室で予防接種を受けた。特に痛みもなく、プシュプシュっと何回か腕やら首筋やら胸やらにガンタイプの注射器のようなものを押し付けられただけで終了した。正直拍子抜けである。

「簡単なんだな。痛くもないし」

「痛い？　そんなことあるのかい？」

「あー、いや、こっちの話で」

「君の出身はソル星系の第三惑星だったね。つまり、君の出身地ではこういった処置は痛いものって認識があるわけだ」

「スルーしてください」

「こういう処置で痛みが発生するとなると……ふむ、医療関係の技術は随分遅れているようだね？」

「ショーコ先生って人の話を聞かないって言われません？」

「あはは、よく言われるよ」

ショーコ先生があっけらかんと笑う。このぽやーんとしたというか、柔らかい笑顔のせいで怒る気が失《う》せるんだよな。合わない人とは徹底的に合わなそうだけど。

「とにかく、これ以上俺の事情をすっぱ抜こうとするのはやめてください。ちょっとデリケートなんですよ、その辺は」

「仕方ないなぁ。まぁ、惑星住みとなるとそういうものかな」

この世界においては殆《ほとん》どの人が宇宙空間のコロニーで生活をしていて、惑星上の居住地に住んでいる人というのはごく一部の人間であるらしい。つまり、上流階級のお貴族様とかそういう類の。

俺の場合は異世界から来ましたなんて事情があるわけで、そんなことをショーコ先生とイナガワテクノロジーに知られたらマジで監禁されてモルモット扱いされるかもしれない。遺伝子データの提供で満足してほしいものだ。

「そういうことでお願いしますよ」

「わかったよ。他にも色々と調べたいことはあるんだけどね？」

「まずは遺伝子データを洗い尽くしてからにしてください」

上目遣いでおねだりするような様子を見せてくるショーコ先生をにべもなく袖《そで》にする。正直今の上目遣いはちょっと良かったけど、その程度ではこのキャプテン・ヒロは籠絡《ろうらく》できんよ。

「あはは、やっぱ私程度じゃダメだね。エルマ君もミミ君も美人だものね」

「ええ、あの二人も美人ですから」

「うん？」

俺の言い方にショーコ先生が首を傾《かし》げるが、俺はそれに構わず上着を着込んだ。

「これで一通りは終わりですかね？」

「ああ、そうだね。最後に総合的な診断の結果を伝えるから、二人と合流しようか」

連れ立って処置室から退出し、ロビーへと向かう。そこではエルマとミミが何かを相談しながら待っていた。エルマがすぐに俺達に気づき、こちらに視線を向ける。ミミもそれに続いてこちらに視線を向けてきた。

「よく気づいたな」

「あんたの足音くらいわかるわよ」

「エルマ君のようなエルフの方々は耳が良いからね。森に住む古式ゆかしい暮らしをしている方々だと、２ｋｍ以上先の獣の足音を聞き分けられると聞くよ」

「そうなんですか？」

「私はそこまでは無理ね」

エルマが肩を竦《すく》める。あの長い耳は別に飾りというわけではないらしい。

「でも、この耳だって良いことばかりじゃないわよ？　聞きたくないものも聞こえたりするし、人間用のヘルメットとかヘッドギアの類はだいたいつけられないしね」

「聞きたくないもの？」

「ええ。例えばあんたのお腹《なか》の音とかね。ぐるるーって鳴いたわよ、今」

「マジで」

思わずお腹を押さえるが、よくわからない。でも、そう言われると確かに少し腹が減ったような気がしないでもないな。

「そう言えばもう良い時間だね。先に食事にするかい？」

「食事というと、どんなのですか？」

「オススメはできたてのフードカートリッジの中身をそのまま吸う――」

「「いいです」」

ミミの目が虚無になる。俺の目も虚無になってると思う。エルマは苦笑いを浮かべていたが、ショーコ先生は不思議そうに首を傾げていた。味音痴なのか、ショーコ先生……あんなものを日常的に摂取しているから味蕾《みらい》が退化してしまったんだな。可哀想《かわいそう》に。

「そうかい？　じゃあ、診断結果のデータも上がってきているし、あっちの個室で話そうか」

そう言ってショーコ先生が歩き出した。俺達もその後についていく。

さて、特に問題がなければ良いんだが。

☆★☆

「結論から言えば、三人とも健康そのものだね。潜伏している病気の類もないし、生理機能に関しても問題はなさそうだ」

「そりゃ良かった」

ショーコ先生の断言に俺は素直に喜んだ。エルマに関しては心配していなかったが、ミミは一時酷《ひど》い生活をしていたわけだからな。ちょっと心配だったんだ。俺？　俺はまぁ大丈夫だろうと何の根拠もなく思っていたし。実のところそんなに心配はしてなかったんだよな。

「予防接種に関しても全員に処置は済んだよ。エルマ君は既に投与済みで追加投与も必要なかったけど、ミミ君とヒロ君には必要なものを投与した。まぁ、ヒロ君は一切そういった痕跡《こんせき》がなかったのがとても不思議だけどね？」

ショーコ先生が好奇心を宿した瞳《ひとみ》で俺を見てくるが、俺はそれに肩を竦めて答えた。

「宗教上の理由で今までそういうのを受けられなかったんだ」

「そういうことにしておくよ。とにかく、さっきも言ったように副作用が出る可能性もあるから三日ほど安静に過ごしてね。副作用が出る確率は０・１％未満だけど、ゼロではないからね」

「わかった。他に注意事項とかは？」

「うーん、そうだね……ちょっとミミ君とエルマ君、良いかな？」

「はい？」

「なに？」

「いいから、ちょっとこっちに。ヒロ君はちょっと離れててね」

「？」

二人が首を傾げながらショーコ先生に近づき、俺は素直に三人から遠ざかる。ショーコ先生は二人にタブレットの画面を見ながら小声で何かを伝えているようだ。ミミは真剣な表情でコクコクと頷いており、エルマは顔を赤くしたり青くしたりしている。

「気になるんですけど？」

「ごめんねー、ちょっと待っててねー」

ショーコ先生が笑いながらヒラヒラとこちらに手を振ってくる。エルマと視線が合った。

「……‼」

ボンッ、とエルマの顔が真っ赤《まか》になる。え、何その反応は。すっごい気になる。ミミがエルマの状態に気づいて俺に視線を向けてくる。ミミは普通だな？　特にエルマのような意味不明の反応はしないようだ。一体なんなんだろう？

「そういうことだから、留意してね」

「わ、わか、わかった、わ」

「はい」

二人が戻ってきたので、俺も元の位置に戻る。後でミミにでも聞いてみるとするか。

「それでえーと？　他に何か聞いておくべきことはあるのかな？」

「ヒロ君達になければないね。測定値のデータは後でそちらの船に送信するよ」

ああ、なんかよくわからん数値とかが色々書いてあるあれね。この世界でも同じようなものなのかどうかはわからんけど。アレもらっても読み解くための知識がないから役に立てられるかというと微妙なんだよなぁ。

「じゃあ解散ということで？」

「解散ということで」

「料金は俺の遺伝子データの代金から引いてもらうかな？　今払っていっても良いけど」

「その辺はロビーで聞いてもらったほうが確実かな？　私はあくまでも研究者兼医者だからね」

「なるほど。それじゃお世話になりました」

「お世話になりました」

「せ、世話になったわね」

まだなんか動揺しているエルマと平常心なミミを引き連れて俺は説明を受けていた個室から退室し、ロビーにあるカウンターへと向かった。

ちなみに受診料は三人合わせて９万エネルだった。思っていたより安――いや三人で９００万円相当と考えるとバカ高いな。まぁ、健康を買ったと思えば……？

いややっぱ高いわ。この世界では医療費はとても高くつく。覚えておこう。

☆★☆

三人でどこかメシ処《どころ》にでも入るか？　と言ってみたが格好がちょっと薄着で心許《こころもと》ないから船に帰ろうという話になった。船に帰ればテツジンシェフの美味《おい》しいランチも食べられるからな。別にわざわざハズレを引く可能性のある冒険をする必要もないか。

そういうことで船でランチタイムと相成《あいな》ったわけだが。

「それで、最後にショーコ先生が二人にした話ってなんだったんだ？　エルマの反応が百面相すぎて気になったんだが」

顔を赤くしたり青くしたりと大変なことになっていたエルマの反応が気になったので、聞いてみることにした。いや、あんな反応されると気になるじゃん？　俺も関係してるみたいだし。

「な、なんでもないわよ」

エルマが俺と視線を合わせたくないのか、自分の食事に目を向けたままそう言う。取り付く島もないとはこのことか。ミミに視線を向けてみる。

「私は今飲んでいるお薬よりも私の身体《からだ》にあったお薬があるよって教えてもらっただけですね」

「そうなのか。じゃあそっちに換えたほうが良いな。金は俺が出すから、早めにな」

「はい、ありがとうございますヒロ様」

ミミがにっこりと微笑《ほほえ》む。ええんやで。クルーの健康を守るのはキャプテンの義務だからな。

「で、エルマは？」

「な、なんでもないわよ。ミミと同じようなことを言われただけ」

「ふーん？」

それでなんであんなに顔が赤くなるのかがよくわからないな。だけど話してくれそうにもないし、あまりしつこいとへそを曲げるかもしれない。これ以上追及するのはやめるとしよう。

「それより三日間安静に、か。何をして過ごすかね？　船の中に引きこもってないとだめかな」

「いえ、私が予防接種を受けた時に聞いてみたんですけど、そこまではないみたいです。出歩くくらいはなんでもないみたいですよ。副作用が出る確率は非常に低いらしいですし」

「そうなのか。どこか観光名所にでも行くか？　三人で」

「良いですね。アレインテルティウスコロニーの観光となると、やはりショッピングがメインみたいです。色々なお店がありますからね」

「確かに、この前も何店舗か回っただけで随分時間を潰《つぶ》せたし、楽しかったよな。ショッピングがメインってことは、他にもなにかあるのか？」

「工場見学ツアーですね。フードカートリッジや人造肉などの食料品工場とか、水耕栽培農場とか、ハイテク製品の組立工場とか、造船所とか、そういった工場の見学ツアーも人気みたいですよ」

「ほー、工場見学か。それも楽しそうだな」

食料品工場の見学ツアーとかは確かに気になる。今まさに俺達の口に入っているものだし。

「改良作物から作られるお酒の製造工場もあるみたいですよ」

ピクン、とエルマの長い耳が反応した。わかりやすいやつだな。

「予約制なのか？」

「確かそうだったはずです。予約しておきますか？」

「そうだな。あまりカツカツにならないスケジュールを立ててくれるか？　どこの施設に行くかは任せるよ。ああ、でもツアーの最後に酒の製造工場を入れてくれ」

ピクピクン、とエルマの耳が激しく動く。

「わかりました。評判の良いところを予約しておきます。確か試飲もあったはずですよ」

チラッ、と目線を上げたエルマと目が合う。目が合った途端エルマは慌てて自分の皿に視線を落としたが……エルマさん、もう貴女《あなた》のお皿には綺麗《きれい》さっぱり何も残ってませんよ。

「じゃあ、明日は三人で工場見学デートだな」

「楽しみです！」

「そ、そうね、楽しみね……わ、私、ちょっと買い物に行ってくるわね？」

「ん？　何を買いに行くんだ？　一人で大丈夫か？　ついていくか？」

「だ、大丈夫っ！　大丈夫だからっ！　完全武装で行くからっ！　一人で行くからっ！」

エルマはなんだかやたらと慌てた様子で俺の申し出を断り、食洗機に皿をぶち込むなり足早に自分の部屋のあるほうに去っていってしまった。うーん、やっぱりあからさまに様子がおかしい。

「ミミ？」

「私の口からはちょっと。別に悪いことじゃないと思いますし、踏ん切りがついたらエルマさんが自分で話すと思いますよ」

ミミがなんだかにこにこしながらそう言うので、俺は湧《わ》き上がった疑問を再び飲み下すことにした。悪いことじゃないならいいか。

「なんかよくわからんが、エルマが思いつめないように注意してやってくれな」

「はい」

なんだかドタバタとしながらエルマが船から出ていく気配がする。あんな状態で大丈夫なのかね？　ちょっと心配なんだが。

☆★☆

エルマが俺の前に姿を現したのはその日の夜のことだった。どういうわけか、夕食もミミに頼んで部屋まで持ってきてもらっていたし、メッセージアプリを使って俺が風呂《ふろ》に入る時間まで指定して徹底的に俺と顔を合わせないようにしていたのだ。

「――――!!」

俺の部屋に入ってくるなり、顔が真っ赤《まっか》である。茹《ゆ》でエルフかな？

格好もなんだかいつもと違う感じがする。いつもは夜に俺の部屋を訪ねてくる時も割と雑というか、普段着そのままとかトレーニングウェアみたいな格好で来るんだけど、今日は清楚《せいそ》な白いネグリジェである。

白い肌を紅潮させ、ネグリジェを着てモジモジしているエルマを見ていると……うん、なんかこう、くるものがある。まるで別人みたいに感じるな。

「今日は昼間から様子がおかしいな。大丈夫か？」

「だ、だ、だいじょうぶ、よ……？」

今にも目を回しそうなくらい緊張した様子で強がるエルマ。どう見ても大丈夫には見えない。

「まぁその、なんだ。そんなところに立ってないでこっちに来て座ったらどうだ？」

「あ……わぅ……うん……」

ちょこちょこと歩いてベッドのすぐ前にまで移動してきたエルマは少しの逡巡《しゅんじゅん》の後、思い切ったようにベッドに腰を下ろしてきた。俺のすぐ隣にではなく、ちょっと間を空けて。

「今日は疲れたな」

「そ、そうね」

「エルマは様子がおかしいし」

「そんなことない、わよ？」

「ちょっと苦しくないか、それ」

「うぅ……」

エルマが呻《うめ》きながら真っ赤になっている長い耳を両手で隠す。エルフはこういう時顔じゃなくて耳を隠すのか。文化の違いだな。

「で、どうしたんだ今日は。いつもと雰囲気が違うな？」

エルマの腰に手を回すと、エルマは怯《おび》えるかのようにビクリと身を震わせた。ふむ……？

「えっと、ね？」

「うん」

「わ、わた、わたしね、その、あ、あんたと、こっ、こっ……」

「こ？」

「こけっこっこー！」

「なんでニワトリ⁉　というか唐突に脱ぐねお前――って酒臭っ⁉」

奇声を上げてズバンッ！　と突然脱いだかと思ったら急にぶっ倒れた。突然のZENRAに困惑しながら抱き起こしてみると、とても酒臭い。なんだこれは、一体どうすればよいのだ⁉

流石におめめをぐるぐるさせて伸びているエルマに手を出す気にはならなかったので、エルマをそのままベッドに寝かせて様子を見ることにした――というかそのまま寝やがったので俺もベッドに入ってそのまま寝ることにした。

「んんー……ヒロぉ……」

俺の腕に抱きつきながらエルマが幸せそうに笑みを浮かべている。

「こづくり……んにゅ……」

「いやどんな夢見てんだよ……」

不穏な単語を口にするエルマに苦笑しつつ、俺も目を閉じる。肌に触れるエルマの体温の心地よさを感じていると、すぐに眠気が襲ってくる。やはり慣れない健康診断で気疲れでもしていたのだろうか。俺は眠気に逆らわずに意識を手放した。

☆★☆

「はぁうううう……！」

エルマは朝起きるなり耳を両手で覆って頭から湯気を噴いた。何かよくわからんが、エルマ的にとても恥ずかしいらしい。

「気合いを入れるためにお酒を飲んでそのまま撃沈した……」

「気合い……？　一体どれだけ飲んだんだ？」

「ウィスキー瓶一本」

「残当」

アルコール度数高い酒を一気飲みして俺の部屋に来たのかこの残念宇宙エルフは……そりゃぶっ倒れるわ。リバースしなくて良かったな。

「で？　なんで様子がおかしかったんだ？」

「そりゃあんたと子作りできる身体《からだ》になってるとか言われたら動揺もするわよ……エルフは精神的伴侶と認めた相手とじゃないと子作りができ……な……？」

ギギギギ、と壊れたブリキの玩具《おもちゃ》のような動きでエルマの首が動き、俺に視線を向けてくる。

「おはよう」

真っ赤な顔をしているエルマに朝の挨拶《あいさつ》をする。挨拶は大事。古事記にもそう書いてある。

「お、おは――っ⁉」

「もがー⁉」

思いっきり顔面に枕を叩《たた》きつけられた。おいこら馬鹿力で枕を顔に押し付けるんじゃねぇ！　鼻が痛い！　というか息が苦しいわ！

朝から錯乱しているエルマとの格闘で無駄に体力を使った。まったく、今時理不尽な暴力を振るう女は流行《はや》らないぞ？　だからお前は残念宇宙エルフなんだ。

#4：工場見学ツアー

「つまり、あれか？　エルマはツンツンしてるけど俺にぞっこんラぶぅ!?」

「ち、ちがっ、ちがうわよっ！　そ、そんなんじゃないんだから！」

「エルマさん、照れ隠しで暴力を振るうのはめっ、ですよ」

「そうだそうだ」

「う、うぅぅぅぅぅぅぅっ！」

　ミミにめっ、されたエルマが真っ赤になった耳を押さえて顔から湯気を噴く。

「結局どういう理屈なんだ？　というか、エルフと人間で子供が作れるってすごいよな。染色体とか遺伝子ってどうなってんの？」

　エルフと人間は姿形がとても似ているし、近縁種のように見えるから交雑できても不思議はないかなとは思う。でも、いくら見た目的に近縁種に見えてもそもそも別の星で個別に進化した別の存在だよな？　よくよく考えれば非常に不可解だ。

「エルフは……その……精神的に、受け容《い》れると、相手と……こ、こづ、くり……うぅっ！」

　そこまで言ってエルマは耳を両手で押さえたまま食堂のテーブルに顔を押し付けて隠してしまった。なるほど、だいたいわかった。宇宙エルフはあれだな、本能的にというか体質的に他の種族の苗床にされちゃう的なアレなんだな。何そのエロフ。

もしかして宇宙エルフの故郷にはオークとかゴブリンとか触手さんとかもいるんだろうか。そういった種族に襲われても、相手の子を宿すことによって殺されないようにするという生存戦略とか？　そして隔世遺伝でエルフが生まれることによってエルフという種の生存を図る……？　長寿と交雑による遺伝子汚染が宇宙エルフの生存戦略ということか？　だとしたらある意味すげーな、宇宙エルフ。まぁ想像だけど。

「なんとなく理解した。宇宙エルフすげーな」

「ど、どういうふうに納得されたのか激しく不安だわ……」

「とりあえずエルマが俺のことを『しゅきしゅき♡』と思っているってことはよくわかった」

「ぐっ、がっ……うーーーーー！」

顔を真っ赤にしたエルマが唸《うな》り声を上げながら両手をわなわなと震わせる。消防車か何かかな？

「ヒロ様、そうやってからかうのもめっ、です」

「はい。ごめんなさい。エルマもすまん」

ミミにめっ、されたので素直に謝る。この中ではミミが一番年下なんだが、こうやってめっ、されると俺もエルマも何故か逆らえないんだよな。

「い、いいわよ。私も手を上げるとかやり過ぎたし」

「でも、俺は嬉《うれ》しいぞ。それほどエルマが俺のことを想《おも》ってくれるなんてな。俺もエルマのことが好きだよ。頼りになるし、性格も可愛《かわい》らしいし、何より付き合ってて疲れない気安さがな。一緒にいて心地《ここち》良いって言えばいいのかね……」

「そ、そう？」

「ああ、そうだ。本当だぞ」

「ふ、ふーん……ま、まぁ？　私も？　同じように思ってるわよ」

胸の前で手を合わせ、その指先をなんかもじもじとさせているエルマが真《ま》っ赤《か》になった顔を逸《そ》らしながらそう言う。とてもかわいい。

「はい、これで二人とも仲良しですね」

「うん、仲良しだ」

「そ、そうね……うん」

にこにこするミミに俺とエルマが頷《うなず》きを返す。

「じゃあ、仲直りしたところで今日の予定ですが、まずはシエラコーポレーションの人造肉工場に見学に行きます」

「おー、人造肉。確かにどうやって作ってるのか興味があるな」

人造肉。肉なんだが、赤身ではなく白身の謎肉である。食感は牛や豚に近く、鳥っぽくはない。魚っぽくもない。完全に獣肉って感じ。ただ、前述のように赤身ではなく白身である。自動調理器に入れて調理してもらうと、表面は焼き色がつけられて肉っぽくなるんだけど、ナイフで切ってみると断面が白いのだ。

そんな奇妙な人造肉だが、旨味《うまみ》は強いし脂も乗っていて食べる分には非常に美味《おい》しい。人造肉という言葉から考えて、純粋な肉ではなく人工的に合成されたものなのだろうということは推測できるが、その製造工程は想像もつかない。

「私も人造肉の製造工場は見たことがないわね」

「楽しみですねっ！　そしてその後は水耕栽培農場と、併設されている食料加工場に行く予定となっています」

「水耕栽培農場ね。どんなものが育てられているんだろうな？」

「フードカートリッジ用の藻じゃないの？」

「それは見ても楽しくなさそうだなぁ……でも、わざわざ観光ツアーにしてるんだからそんなつまらんものじゃないだろ？」

「そう言われればそうかしら」

「食料加工場でお昼ご飯を食べる予定ですよ。なんでもできたての加工品を食べられるらしいです」

「アレじゃなければいいな」

「大丈夫です、アレじゃないです。そこはちゃんと調べましたから」

虚無を湛《たた》えた瞳《ひとみ》でミミが頷く。

「そいつは重畳。そろそろ出るか？」

「そうですね……移動時間も考えるとそろそろ準備したほうが良いかもしれません」

「それじゃあ各自身支度をしてもう一回食堂に集合だ」


それから約一時間後、俺達は目的の場所に辿《たど》り着《つ》いていた。

「いやー、なんというかアレだな。あの移動用トレインは悪くない乗り心地だったな」

「加減速が結構キツかったですけどね」

「船の加減速に比べたらなんでもないわよ。たまに酔う人もいるみたいだけどね」

俺達が移動手段として使ったのは地下に張り巡らされている貨物輸送システムを利用した移動用のトレインだ。非常に安価で素早く目的地へと辿り着けるのだが、車内は狭く割と窮屈だった。

車両は貨物の輸送用コンテナに無理矢理座席を付けたような感じで、ギチギチに詰めてもせいぜい六人乗りってところだったな。俺達は三人だけで乗ったがそれでもちょっと窮屈だったから、六人で乗ったら間違いなくすし詰めだろう。

外の景色《けしき》は一切見えなかったが、ぎゅんぎゅん動いてなかなか楽しいアトラクションだった。

「それで、ここが例の人造肉工……場？」

「ん？　どうした？」

様子のおかしいエルマの視線の先にあるもの。それはこの工場の看板だった。

「シエラコーポレーション培養肉製造工場……？」

何か不審な点があるんだろうか？

「ちょっとわたし、用事を思い出したわ。今日は二人で楽しんできて」

「待たれよ」

踵《きびす》を返してどこかに立ち去ろうとするエルマの肩をガシッと掴《つか》む。看板を見るなり何故《なぜ》逃げる？

看板に不審な点は特に見つからないんだが。

「培養肉？　人造肉じゃないんですね？」

ミミが首を傾《かし》げる。培養肉？　おお、確かに培養肉と書いてあるな。人造肉とは何か違うんだろうか。

「エルマ？」

「私はちょっと中に入りたくないなー、って」

「でも、もう三人で予約してますよ？　時間ももうすぐです」

「ふーむ？　まぁいいや、連れて行こう」

「いやいやいやいやいやいやいや……」

露骨に嫌な顔をするエルマを引きずって工場の敷地内へと移動する。正面扉から建物の中へと入り、受付ロビーへと向かうとそこには不健康そうな顔色の痩身《そうしん》の男性が詰めていた。

彼は俺達の姿を認めるなり、ニタァ……とにこやかに笑みを浮かべる。コワイ。

「いらっしゃいませ。ご予約のヒロ様御一行ですね？」

「アッハイ」

「この度は当工場の見学サービスにお申し込みいただきありがとうございます。いやぁ……実に久々の見学希望者様でして。スタッフ一同張り切っております」

「ソ、ソウッスカ」

口元は凄《すご》く笑っているのに目が怖い。悪意は一切感じられないんだが……なんといえばいいのか。そう、とても楽しそうなのだ。目が爛々《らんらん》と輝いていて、まるで獲物を狙《ねら》うような……いや違う、まるで玩具《おもちゃ》を手に入れた子供のような……き、気のせいだよな？

「さぁさぁ、順路はあちらでございます。ナビゲーションに従ってお進みください！」

ガチャッ、と音がして男が手で示した先の扉が自動で開く。うん、別に驚くようなことじゃない。自動ドアくらいなんでもないよな。でも、あの扉なんであんなに重厚なんだ？　金庫かな？

「ヒロ様、行きましょう！」

ミミは男の異様な雰囲気にまったく気づいていないのか、興奮した様子である。今にも俺の手を引いて通路へと駆け出しそうだ。

「わ、わたしはやっぱり遠慮……」

「逃さん……貴様だけは……」

「ちょ、力強っ⁉　ひ、引っ張らないでよぉ！」

ミミに引っ張られながらエルマの腕を引っ張って道連れにする。何かヤバい雰囲気だしミミを一人で行かせる訳にはいかない。だからといってここでエルマだけ逃がすのも嫌だ。ふふふ、死なばもろともだ……！

通路に入ると、背後の扉が閉まってガチャリと施錠された。

『工場内の衛生基準を保つために滅菌処理を致します。処理が終わりましたら、次の部屋にお進みください』

機械音声が流れ、ぶしゅーっと音がして室内が薄《う》っすらと白い煙で満たされる。これで滅菌処理されたことになるらしい。

『滅菌処理が終了いたしました。次の部屋にお進みください』

通路の先の扉が開く。そこはちょっとした小部屋になっていた。窓もなく、扉なども入ってきたもの以外には見当たらない。

「何の部屋だ？」

「うーん？　扉は見当たりませんね？」

警戒する俺と、首を傾げるミミ。そして諦《あきら》めた表情で溜息《ためいき》を吐《つ》いているエルマ。

「後悔するわよ……」

エルマがそう言った瞬間、俺達がこの部屋に入ってきた時に使ったドアが閉まって施錠される音が響いた。それと同時にがくんと地面が揺れる。

「部屋が動いているのか？」

そう俺が呟《つぶや》いた時、天井から声が響いた。

『本日はシエラコーポレーションの培養肉製造工場見学ツアーに参加していただきありがとうございます。この部屋は工場内を見学することのできるゴンドラとなっております』

「この部屋そのものが乗り物なんですね」

「椅子もなにもないけどな」

なんとなく腰に下げているレーザーガンの感触を確かめながら辺りを見回す。なんだか落ち着かない。

『当社の培養肉は顧客の皆様に愛されて三百年。紛《まが》い物の人造肉とは一線を画した高級食材として珍重されており、そのリピート率は驚異の93％！　当ツアーでは初期培養から成長工程、加工工程、出荷工程など培養肉の全《すべ》てをご覧いただくことが可能です。是非その様子をお楽しみください』

「人造肉と培養肉って違うものなのか？」

「そうみたいですね？」

ミミがますます首を傾げる。エルマは部屋の隅の角に背を預け、目を瞑《つぶ》って完全に視覚情報をカットしていらっしゃった。え、何その対応は。とっても嫌な予感がするんですけど。

『まずは初期培養の様子をご覧いただきます』

壁が透明化し、外の様子が見えてきた。それはまさに工場だった。透明な容器がコンベアで運ばれ、機械によって数種類の液体が注入されていく。液体を入れられた容器は最終的に一箇所に集められ、孵化器《ふかき》のようなものに納められて貯蔵されているようだった。

「あの箱は何なんでしょうね？」

「まったくわからんな」

孵化器のようなものを指さしてミミが首を傾げるが、俺にも皆目見当がつかない。

部屋が進むに連れて恐らく保管されてから時間が経《た》っているのであろう孵化器の様子が見えてくる。

「ヒェッ……」

「あ、あれはいったい……？」

奥に進んでくると、孵化器の透明な器の中に何かが見えてきた。それはまるでミミズか何かのように見える。紐《ひも》状の肉だ。それは奥の孵化器に行くほどに大きく成長しているようだった。

「嫌な予感がしてきたぞー」

「も、もしかして培養肉っていうのは……」

孵化器のあるエリアが後方に遠ざかっていくのを見送る俺とミミ。

「だから嫌だったのよ」

エルマの言葉が静まり返ったゴンドラ内に妙に響いた。

「この度はご来場ありがとうございました。これからも高品質な当社の培養肉をご贔屓《ひいき》ください」

ニチャア……と粘着質な笑みを浮かべているであろう職員の言葉を背に受けながら、俺達は培養肉の製造工場を後にする。

☆★☆

「うぷ……」

「し、暫《しばら》くお肉を食べられそうにありません……」

「だから嫌だったのよ……！」

あの後に見たもの？　思い出したくないよ！　肉色の触手めいた生物がひしめくプールとか、電車並みの大きさに肥大化したそれから肉を切り出すところとか……オェッ。アナウンスの内容なんて殆《ほとん》ど覚えてないが、なんでもあの触手めいた生物も元々は牛とか豚のような普通の動物だったらしい。

それを食肉に適するように遺伝子改良を施し、その末に出来上がったのがあの触手めいた生物だ。成長が早く、餌の栄養摂取効率に優れ、成長すると上質な肉になる。知能らしい知能はなく、ただ本能のみで餌を食い、成長するだけの家畜、もう少し見た目に気を遣えよとしか言えない。

「あの施設の目的がわからん……」

「食欲をそそる内容ではなかったですよね……」

「だから嫌だったのよ……次は水耕栽培農場だっけ……？　次はまともだと良いわね……」

精神的に疲労した俺達は重い足取りで次の見学ツアーへと向かった。

いや本当に、次はまともな場所であって欲しい。

☆★☆

「ええと、マイカコーポレーション……ここですね」

「ここか……」

「うわぁ……」

多分、俺もエルマと同じような顔をしていると思う。だって、このマイカコーポレーションの水耕栽培農場って、さっき見学したシエラコーポレーションの培養肉工場と見た目が瓜二つ《うりふた》なんだよ……同じ食料品工場ということで、同じような建築ユニットを使っているとか、そういう感じなんだろうか？　看板と色がちょっと違うだけの同じ建物にしか見えない。

「と、とにかく入りましょう」

「そうだな……」

「そうね……」

半ば諦めたような心地《ここち》で俺達は工場の正面入り口から内部へと足を踏み入れた。

「内装は違うんだな」

「そうですね」

さっきの培養肉工場と同じで俺達以外の姿が見当たらないのは同じだが、こちらの水耕栽培農場のほうが全体的に明るかった。照明の違いだろうか？　こちらのほうが明るく、なんとなく清潔なイメージが湧《わ》いてくる。

「いらっしゃいませ。ご予約のヒロ様御一行ですね？」

「はい」

受付で俺達を待っていたのはいかにも企業の受付嬢といった感じの穏やかそうな外見の女性だった。清潔感のある制服をきっちりと着込んでおり、爽《さわ》やかな雰囲気だ。さっきの培養肉工場のちょっと怖い受付の男性に比べるととても好印象である。

「この度は当工場の見学サービスにお申し込みいただきありがとうございます。実に久々の見学希望者様でして。スタッフ一同張り切って——ええと、何か？」

デジャヴを感じる言い回しに俺の顔が引きつる。恐らくミミとエルマの顔も同じようなことになっていたのだろう。受付嬢さんが不思議そうな顔で首を傾《かし》げた。

「いや、実は今、シエラコーポレーションの培養肉工場を見学してきた直後でな……」

「ああ……あの趣味の悪い誰《だれ》が得をするのかわからないツアーを……いえ、他社のことを悪く言うのはマナー違反かもしれませんが、あそこはちょっと酷《ひど》いですよね。当社の工場と同じユニットを使っておりますから、見た目も似ていますし」

受付嬢さんはそう言って苦笑いを浮かべた。一応把握してるんだな、他社のツアーのことは。

「ご安心ください、当社の工場見学ツアーは真っ当な内容ですから。少なくとも、お客様に青い顔をさせるようなことは決してありませんので」

にっこりと受付嬢さんが微笑《ほほえ》む。その笑顔に心の中の不安がじんわりと溶かされていくような感覚を覚えた。

「本当に頼むぞ……」

「ええ、ご安心ください。見学ツアーを始めるにあたって全身の滅菌が必要になります。あちらの扉にお進みください」

受付嬢さんの案内に従って扉へと進み、シエラコーポレーションの時と同じように滅菌処理を受ける。プシューって出てくるこの煙が滅菌を行うのだろうか？　大丈夫なのか、この煙。人体に影響とかないんだろうか？　まぁ、技術が進んだ世界だし心配はいらないか……？

案内に従って次の部屋に進むと、そこはゴンドラ室ではなく壁がガラス張りになっている回廊だった。どうやらこの工場では自分の足で工場の様子を見て回るようになっているらしい。

「うわぁ、明るいですねー」

「そうだな。まるで本物の日の光みたいだ」

「ここに説明があるわよ。んー、あの光は育成に適した波長の光を発する特別な照明みたいね」

「……太陽灯みたいなもんか」

とあるゲームで季節に関係なく作物などを得られるようになる、同じような設備があったのを思い出す。結構電力を馬鹿食いしたと思うのだが、電力に関してはこの世界なら如何様《いかよう》にでもなるのだろう。クリシュナにだって仕組みこそ不明だけどものすごい出力を誇るジェネレーターが積まれているわけだしな。

「何を育てているんでしょう？」

「うーん？　なんだろうな。クレソン、か？」

ステーキとかの添え物として置かれるクレソン。そのクレソンに似たものが大量に栽培されているようだ。

「栄養価の高い野菜なんですって。そのまま食べると少し辛味があるそうよ。フードカートリッジに加工されるんだって」

エルマがガラスのような素材でできた壁に表示された説明を読んで教えてくれる。ふーむ、なるほど。藻やオキアミみたいな生物が主な材料って聞いてたけど、こういう野菜も入っているのか。

クレソンのような野菜の世話は広大な空間を飛び回るドローンのようなロボットや、水耕栽培農場に張り巡らされているレールを移動するロボットアームのようなものが行っているようだ。高度にオートメーション化されているんだな。

そんな光景を観察しながら進むと、今度は巨大な円形のプールがいくつも設置されているエリアに辿《たど》り着《つ》いた。

「緑色のプール……藻か？」

「そうみたいですね。フードカートリッジの主材料となる藻を生育する施設のようです」

ここも作業はほぼオートメーション化されているようだ。ロボットアームが網のようなもので緑色の藻を収穫したり、何か茶色い粉末を散布したりしているのが見える。

「あの茶色い粉末はなんなんだろうな？　肥料か？」

「えーと……うげ」

「どうしたんですか？」

「あれ、色々な船から回収した生活廃棄物らしいわ」

「生活廃棄物って……」

「Ｏｈ……」

つまりあれは、人々が日常的に排出するアレとかソレをブロック状に固めたアレということか。糞便《ふんべん》だけじゃなく、生ゴミとか、風呂《ふろ》やシャワーの水を濾過《ろか》して得た老廃物とか、そういうものも全部含めてのアレだけど。うちの船でも当然出るので、定期的に港湾管理局に委託された業者が回収に来る。

「まぁ、リサイクルだよな。そもそもの原材料はこれなわけだし」

「それはそうだけど……」

「微妙な気分ですよね」

「そうは言うけどな、俺が住んでた地球では農作物の肥料として糞便の類を使うのは普通のことだったぞ？　家畜の糞とか、油を絞った後の植物の種子のかすとか、そういうものを使ってたはずだ。昔は人糞も使ってたみたいだけどな」

今も使っているのかもしれないが、肥溜《こえだ》めなんて実際には見たことないしな。個人単位では使ってるところもあったのかもしれないが、俺はそこまで農業事情に詳しくないから知らん。

「ふーむ、流石《さすが》は未開惑星生まれの知識ね」

「未開惑星って言われるとすげぇ微妙な気分になるからやめろ。確かにこの世界の技術はどれだけ進んでいるのか想像もつかないけど」

そんなことを話しながら進むと、今度は別のプールが見えてきた。

「こっちはオキアミの養殖プールか」

「動物性プランクトンの養殖プールみたいね。こっちでも生活廃棄物を原材料としたものが飼料として使われているみたい」

「そういえば、さっきの培養肉の工場でもそんなことを言っていた気がします」

「あっちだと解説を聞いている余裕なんてなかったよな……」

脳裏に過《よ》ぎる肉色のプール。爛々《らんらん》と目を輝かせて電車並みの大きさの触手生物から肉を切り出す工場員……うん、完全にSANチェックものだったわ。解説とかがうまく頭に入ってこなかったのはSANチェックに失敗してたからかもしれん。

そんなことを話しながら進むと、今度は完全に工場のような区画に出た。

「おー、ここでフードカートリッジに加工するわけだ」

「なんか、割と雑に見えるわね」

「材料を全部まとめて加工機械に放り込んでますね」

ベルトコンベアーで運ばれてきた材料が加工機械に入れられ、その機械の出口からペースト状になったものが出てくる。

「アレ、アレだよな」

「アレですね」

「なによ、アレって」

「アレインテルティウスコロニーの名物料理……」

「ああ……」

エルマが俺達の顔を見て気の毒そうな顔をする。ふふ、忘れはしないぞ、あの姿。薄緑色のペーストを眺めるミミの目がどろりと濁っていた。きっと俺の目も濁りきっているに違いない。ふふふ、あの味はなかなか忘れられないぞ。

「あのペーストが更に加工されてフードカートリッジになるわけね」

「そうみたいだな。そして自動調理器を通してみんなの胃袋に入るわけだ」

「高級カートリッジはここでは作っていないみたいですね」

確かにミミの言う通り、ここで作られているのは普及型のフードカートリッジだけであるようだ。高級カートリッジは普及型カートリッジに比べると一個あたりの値段が五倍くらいする。味も五倍、とはいかないが普及型カートリッジよりは二倍くらい美味《おい》しい。

「高級カートリッジの製造工程もちょっと見てみたいけど、まぁ材料が多いとかなのかね？」

「そんなに代わり映えはしなそうよね」

更に進むと、食堂のような場所に出た。

『できたてのフードカートリッジで食事をお楽しみいただけます！　当社と提携している自動調理器メーカーの自動調理器が目白押し！　是非お試しください！　ご購入の相談も承ります！』

そんな案内板があり、確かに見てみると色々なメーカーの自動調理器が設置されているようだった。テツジンシリーズはなかったけど。

「なるほど、割とよくできた仕組みだな」

「お客さんが少ないのに採算が取れるんでしょうか？」

「こんなツアーに来るのなんて基本お金持ちでしょ？　自動調理器は結構高いし、月に何台か売れれば黒字なんじゃないの？」

「なるほど」

頷《うなず》きながら『フードカートリッジはこちら』と書かれている壁のボタンを押すと製造ラインからできたてのフードカートリッジが輸送されてくるライブ映像が臨場感のあるBGMと共にホロディスプレイに表示され、ジャジャーン！　という派手な効果音付きで壁から飛び出てくる。ちょっとおもしろい。

ミミとエルマもやってみたが、どうやらBGMやライブ映像を中継するカメラワークは何パターンかあるらしい。二人がやってみると俺とはまた違う感じになっていた。

「楽しいですね、これ」

「子供とか面白がって何回も押しそうね」

それぞれ感想を述べながら自動調理器コーナーへと移動する。

「どの自動調理器にしましょうか？」

「メーカーごとにそんなに違うもんなのかね？」

「三人とも同じメニューを注文して食べ比べてみない？」

「それはいいな、やってみるか」

ということで、三人揃《そろ》って別々のメーカーでオムライスを頼んでみた。同時に出来上がってきたオムライスを三人で分けてそれぞれ食べ始める。

「ん……結構違うな？」

「そうね、味付けとか食感が結構違うわね」

「これは好みが分かれそうですね……私はキルケー社のが好きです」

「俺はムラクモ社のが良いな」

「私もキルケー社のが良いわね」

ちなみに誰《だれ》にも選ばれなかったシーマズ社のものも不味《まず》くはなかった。十分食えるレベルだ。

「メーカーによって得意とする料理が違うのかもな」

「それはありえますね」

「全部を試すのは無理よねぇ」

もしかしてカレーライス系が美味《うま》いメーカーとか和食が美味いメーカーとかがあるのかもしれない。うちのテツジンは何でも美味いけど。高いだけはあるよな。

ちなみに、試してみたら食後のデザートのプリンはシーマズ社のものがダントツで美味かった。やはりメーカーによって得手不得手があるようである。

「金持ちの家だとこの料理はこっちのメーカー、デザートはこっちのメーカーみたいな感じで自動調理器を複数置いたりするのかね？」

「場所さえ確保できるなら複数の自動調理器を置くってのは贅沢《ぜいたく》の一つとしてアリかもしれないわね」

「でも、複数揃えるならテツジンみたいな高性能自動調理器を一つ買うほうが色々と経済的かもしれません」

「確かに」

複数置くとなると自動調理器を置くスペースも広くとらなきゃならない。こと宇宙空間において安全に生存できる空間というものは貴重である。広いスペースを確保するのには高いコストをかける必要があるというわけだ。それならミミの言うように高性能なのを一つ置いたほうがトータルコストは安くなりそうだ。

お茶などを飲みながらのんびりと休憩し、俺達は水耕栽培農場を後にした。

「お酒♪　お酒♪」

次の目的地へと歩くエルマの足取りは軽い。それもそのはずで、次に見学をするのは酒類の製造工場なのだ。エルマのテンションは上がりに上がり、留まるところを知らない。

「次もまともなところだといいな」

「そうですね。多分大丈夫だと思いますけど」

スキップしているエルマの後を追いながら俺とミミは笑みを交わすのだった。

☆★☆

足取りの軽いエルマを追いかけて移動すること十数分、俺達は工場見学ツアーの最終目的地へと辿り着いた。

「コーリユービバレッジの工場ね！　コーリユービバレッジは帝国有数の酒造メーカーよ！　酒と呼ばれるものなら大体何でも作っているけど、キレとコクのあるビールが一番有名ね！」

コーリユービバレッジの工場前に辿り着いたエルマが俺達に振り返って目を輝かせながら解説をする。工場見学に来たのに同行者に解説されるというのはどういう状況だ。なんか振り向いたエルマの周りにキラキラしたエフェクトが散ってるし……なんだあれ。

「なぁミミ、なんかエルマキラキラしてない？」

「してますね……エルフの魔法でしょうか？」

「えっ、何それ初耳。そんなのあるの」

「私も詳しくは知らないですけど、あるみたいです」

マジか。魔法要素のない宇宙エルフだから残念宇宙エルフだなとか思ってたのに、実は魔法が使えたのか。全然そんな素振りを見せないいんだけどな。

「さぁ入りましょう！　すぐ入りましょう！　ハリーハリー！」

エルマのテンションはＭＡＸだ。未《いま》だ嘗《かつ》てこんなにテンションの高いエルマは見たことがないな。

俺はミミと顔を見合わせて、互いに苦笑をしながら工場へと突撃していくエルマの後を追った。

他の工場と同じように受付嬢から案内を受け、滅菌室に入ってから工場内へと移動する。ここは流石《さすが》に大手メーカーというだけあって、俺達以外にもツアー客がいた。見学客が通る専用通路も清掃が行き届いており、非常に雰囲気が良い。

俺達以外のツアー客はやはり人間が多いな。グラッカン帝国の主要な種族は人間らしいし、当たり前といえば当たり前か。エルフはエルマ以外には殆《ほとん》ど見たことがないいんだよな。レア種族なのかね。

人間以外の種族だと……トカゲ人間っぽいのと、両生類と魚類を足して二で割ったようなのと、縦に長いイソギンチャクめいたのと、ケモ耳と尻尾《しっぽ》の生えた人間っぽいのだな。あのイソギンチャクめいたのとはコミュニケーションを取れるのだろうか……？

「ヒロ、ぼーっとしてないで行くわよ！　試飲コーナーに！」

「待て待て、ちゃんと工場見学させろ。酒を飲むだけなら船で飲んでも同じじゃないか」

「で、出来たてを飲むのはまた違うのよ……」

「いいから、焦るな。この後は予定なんてないんだから、焦る必要はないだろ？」

「うぅ……」

長い耳をしょんぼりと下げて頬《ほお》を膨らませるエルマ。おやつを我慢しなさいって怒られた子供か何かか君は。

「これはエールを作っているのか」

「ビールね」

「……うん、ビールね」

俺のイメージだとシュワッとするのがビール、シュワッとしないのがエールなんだが……いや、正確な定義とかは知らないけれどもね。この世界ではシュワッとしなくてもビールなのだ。そう納得しておこう。しかし、この世界では不自然なほどに炭酸系飲料が見当たらないんだよな……謎だ。

俺としては悪意すら感じるぞ。

「ビールの製造工程には特に感動するところはないな。まぁ機械作業のスピードは速いし、正確だから規則正しく機械が動くのを見るのが好きな人はいくら見てても飽きないかもしれんが」

「そんな人いるの？」

「私、結構好きですよ。なんというか、気持ち良い感じがしますね」

「私にはちょっとわからない世界ね」

工場の様子を眺めながらエルマが肩を竦《すく》める。俺も結構好きだけどな、規則的に正確に動く機構をじっと見てるのって。

暫《しばら》く機械の動く様子を眺めて満足した俺達は次のエリアへと向かった。次は果実酒の製造コーナーか。果実を圧搾して果汁を絞り出して、発酵させる過程でも見せてくれるのかな？　と思っていたのだが、現実は俺の予想の斜め上を行った。

「果樹園？」

そう、次のエリアは果樹園のような場所だった。広大なスペースにぶどう畑が広がっており、育成用のドローンやロボットアームが忙しそうに飛び回り、働いている。先程見てきたフードカートリッジの工場と同じような感じだ。

「そうね。お酒の実がなる畑ね。ここはワインの畑みたい」

「ワインの畑……？」

一体エルマは何を言っているんだ……？　首を傾《かし》げながら進むと、採れたての『ワインの実』の有料試食コーナーがあった。端末でエネルを払うと、収穫したての新鮮な『ワインの実』を食べることができるらしい。

「食べてみましょう。コーリュービバレッジはワインも美味《おい》しいのよ」

「ワインって私飲んだことがないんですよね。ちょっと楽しみです」

意味のわからない事態に首を傾げていると、エルマが自販機のようなものに端末を翳《かざ》して代金を支払い、紙コップのようなものに入った一粒が巨峰のような大きさの濃い紫色の果実を受け取った。

彼女は何の躊躇《ちゅうちょ》もなくその果実をひょいと口に放り込む。

「んんー、お酒もいいけどワインの実も美味しいわね。ほら、ミミも食べてみなさい」

「良いんですか？　それじゃあ……」

エルマに勧められてミミも果実を一粒摘み、口の中に放り込む。

「んんっ……思ったより酸味はきついくないですね？　渋みもあまりありません」

「お酒にする時は皮と種も一緒に圧搾するから。実のまま食べる場合はわざわざ種や皮を噛《か》み潰《つぶ》したりしないでしょ？　だから渋さを感じないのよ」

「なるほどー。でも、ちゃんとお酒の味も香りもするんですね……美味しいですけど、沢山食べると酔っ払っちゃいそうです」

不思議な会話をしている二人にスススっと近づいてみる。

「ヒロも一粒食べる？　いくら下戸《げこ》っていっても一粒くらいなら大丈夫よね？」

「多分……？」

「じゃあはい、あーん」

「あーん」

エルマの言葉に素直に従って口を開けると、エルマがワインの実とやらを一粒摘んで俺の口に放り込んでくれた。うん、まさにブドウっぽい舌触りだ。果実を噛み潰してみる。

「!?」

その途端、口の中に酒精の香りが爆発した。果肉からジュワリと染み出してくる果汁はまさにワインそのものだ。ミミの言うように渋みがないぶん幾分ワインとしては味が大人《おとな》しい気がするが、この味は間違いなくワインだと思う。

「果実がアルコールを含んでいるのか……？　そんなんアリ？」

「ヒロの常識とは違うみたいね」

「俺の知ってるワインは、ブドウっていうこのワインの実と似たようなものを潰して発酵させて、それから圧搾して熟成させる、って感じで作られていたんだ」

「伝統的、というか原始的な作り方ね。二千年くらい前まではそうやって作ってたらしいって聞いたことがあるわ。今はワインの実から作られるのが一般的よ？」

「品種改良、いや遺伝子工学の発展の賜物《たまもの》か……とんでもねぇな」

口の中に残ったワインの実の皮と種を飲み下しながら唸《うな》る。身体《からだ》が火照《ほて》ってきた。たったこれだけで顔が赤くなってきたのを自覚する。ううむ、相変わらず酒には弱いな、俺。

「ヒロ様、顔が赤くなってますね」

「ぷぷっ、ちょっと可愛《かわい》いわね」

「うっせ。俺は酒を飲むとすぐ顔に出るんだよ……ビールも缶一本でベロベロになっちまうしな」

ミミがなんだかにこにこしながら俺の顔を眺め、エルマがヒョイヒョイとワインの実を口に運びながらクスクスと笑う。なんとなく熱くなっている頬が気になって顔を逸《そ》らして片手で頬を隠してしまった。更にニヤニヤされる。くそう。

「次だ次、次に行くぞ」

「はいはい、次に行きましょうねー。ヒロちゃーん」

「ヒロちゃん……ふふ」

先に歩き出すと、二人はニヤニヤしながらも後をついてきた。くそう、ここは俺にとって鬼門だったのかもしれん。

さて、お次は醸造酒エリアである。醸造酒エリア、なのだが……？

「森……？」
「あれは蒸留酒の木ね」
「蒸留酒の木」
「ええ、木から採れる天然ウィスキーは高級品よ。合成ウィスキーとは風味も味も別物ね」
「合成ウィスキー」

もうなんかわけわからんね。天然ウィスキーってなんじゃらほい。

「ええと、その天然ウィスキーとやらはどうやって作ってるんだ？」
「それを学ぶツアーでしょ、これ。ほら、あそこに解説があるわよ」

エルマの指差す先には解説のホロ動画を表示してくれるディスプレイがあった。ボタンをポチッと押して動画を再生してみる。

要約すると、あのウィスキーの木の樹液が天然ウィスキーと呼ばれるものであるらしい。メープルシロップよろしく、木に傷をつけるとウィスキーは樹液として染み出してくるとか。なんだそのやべー木は。よく燃えそうだな！

ちなみに合成ウィスキーというもののことも解説されていて、コーリュービバレッジでも廉価製品として合成ウィスキーを製造しているそうだ。ここでは作ってないようだけど。あっちは生成したアルコールに香料などを混ぜてウィスキーっぽくしたものであるらしい。

天然物が人気だが、値段の安い合成ウィスキーも広く親しまれているという。

「んー！　やっぱ天然物は美味しいわ！」

「さよか」

「けふっ、こふっ……ちょ、ちょっと私には強すぎますね」

試飲用のショットグラスに入ったウィスキーを一息で飲み干しながらエルマが満面の笑みを浮かべ、ミミが目を白黒させてむせる。むせるミミの背中を擦《さす》ってやりながらエルマが二杯目を購入するのを眺める。お前、べろんべろんになるまで酔うなよ……？

俺の内心の懇願も虚《むな》しく、工場見学が終わる頃《ころ》にはエルマはべろんべろんに酔っ払ってしまっていた。ミミも何度か試飲をしたせいでちょっとフラフラしている。

「えへへぇ……ヒロぉ……」

「す、すみません、ヒロ様……」

絡みついてくるエルマを抱き留め、フラフラしているミミを支えながら俺はなんとかクリシュナまで帰り着くことができた。

そして、酔いが醒《さ》めた後にエルマが自分の端末を見て青ざめていた。何かツアーの出口で端末を持って機嫌よく職員の人と話していたと思ったら、試飲して美味しかった高級酒をかなりの数大人買いしていたらしい。その額、なんと10万エネル。

「お前……俺にまだ1エネルも返済してないのに10万エネル大人買いって良い度胸してるよな」

「あ、あは、あははは……許して？」

エルマが手を合わせて可愛《かわい》らしく首を傾げる。ははは、こやつめ。

「一週間禁酒。もしこっそり酒を飲んだら……ふふ。俺が一昨日《おととい》味わったやつをエルマにもじっくりたっぷりねっとりと味わわせてやる。ショーコ先生曰《いわ》く、慣れたら病みつきだそうだぞ？」

「ヒェッ……禁酒しましゅ……」

エルマが涙目でガクガクと頷《うなず》く。即座にやらない辺り、有情な対応だろう？　反論は認めない。

そんなハプニングを交えつつ、俺達三人は三日間の静養を取ることにした。それが結果として面倒事を引き寄せることになると知っていればとっととこの星系を離れていたのだが……後の祭りである。

#5：トラブル体質×トラブル体質

翌日。つまりエルマの禁酒一日目。

「うっ……うぅ……」

朝起きてきたらエルマが食堂でさめざめと泣いていた。彼女の目の前には高かったであろう銘酒が鎮座している。もちろん未開封だ。

「泣くほどか……？」

「だって、だってぇ……折角買ったのにぃ……」

駄エルフが未練がましく銘酒の瓶を見つめながらだばーっと涙を流している。あまりに哀れで禁酒令を解除したくなるが……いや、考えてみれば俺にそんな権限があるのだろうか？　あれはエルマが自分の金で買ったものだし、そもそも好きなものを好きなだけ口にできない苦しみを誰《だれ》よりも知っているのは俺自身じゃないか。好きなものを口にするのを禁じる、というのはあまりに酷な仕打ちかもしれない。

「……飲む量はセーブしろよ」

「……いいの？」

「次にべろんべろんになって正体なくしたらズブリだぞ」

「うっ……き、気をつけるわ」

パアァッ、と顔を輝かせてエルマが笑顔を見せる。こころなしかキラキラする謎のエフェクトまで見える気がする。魔法的なアレの無駄遣いなのでは……？

「ヒロ様……」

「そんな目で見ないでくれ……」

ちょっと呆《あき》れたような視線を向けてくるミミから目を逸らす。だってあんなに凹《へこ》んでたらあまりに哀れでな。

「あー、今日はミミはどうするんだ？」

「私は今日は船でゆっくりしようかと思っています。オペレーターのカリキュラムも進めていかないといけないですし」

「なるほど……俺はどうしようかな」

こっちの世界に来てからというもの、遊べるゲーム機なんかも特に見当たらないし手持《ても》ち無沙汰《ぶさた》気味ではあるんだよな。どうもこの時代の小説の類は肌に合わないものが多いし……何か遊べるようなものを探しに行くべきだろうか？　この世界にもゲーム機の一つや二つは存在するだろうし。

「俺はちょっと街中をブラブラしてこようかな。ここはそこそこ治安も良いみたいだし」

「えっと、お一人でですか？」

「そうしようかな。たまには一人でね」

こちらの世界に来てからというもの、ミミやエルマと一緒に過ごすのが当たり前になっているからな。たまには一人で気楽に過ごすのも悪くないだろう。ミミとエルマも俺が居ないほうがリラックスというか、気楽に過ごせるかもしれないし。ずっと一緒にいるっていうのも息が詰まるもんな。

「そうですか……」

ミミがチラリとエルマに視線を向ける。

「良いんじゃないの。たまには一人でブラブラするのも。ただし、厄介事に頭を突っ込むんじゃないわよ？」

「善処する」

二人にジト目で睨《にら》まれた。俺自身はトラブルを起こすつもりはないけど、トラブルが向こうから来たらどうしようもないじゃないか。善処はするよ。善処は。

☆★☆

「さーて、どこへ行くべきか」

目的は何かしらの遊べる道具探しである。可能ならば何かしらのゲーム機であることが望ましいが、そうでなくとも構わない。最終的に楽しみながら時間を潰せるものであればなんだって構わないのだ。なんなら本とかでもいい。

「でも紙媒体の本はなぁ……」

艦内のスペースというものは限られている。俺の船室はそこそこ広いとはいえ、さほど余裕のある造りではない。紙媒体の本なんか増やし始めたらすぐに手狭になってしまうことだろう。

「本はないな。うん」

小型情報端末もあることだし、本に関しては電子書籍的な方向で収集していくべきだろう。ならゲームの専門店などはないものだろうか？　などと考えながら小型情報端末を弄《いじ》りつつ街中を歩いていると、いつの間にか人気《ひとけ》の少ない路地に入ってきてしまっていた。歩きスマホなんてするもんじゃねぇな。

「待てっ！」

「そう言われて待つ人がいるわけがないよねぇ……！」

元の広い道に戻ろう、と思ったところで先の横道からいかにも厳《いか》つい感じの男の声と切羽詰まったような女性の声が聞こえてきた。このパターンは前にもあったような気がするなぁ。というか、この声はなんだか聞き覚えがあるような……気のせいか？

と思って横道からチラリと顔を覗《のぞ》かせてみると、そこには白衣と濃い茶色の三つ編みを振り乱して必死にこちらに走ってくる女性の姿があった。胸元がそれはもうばいんばいんと揺れて壮観である。

「はー……」

こっちの世界に来てからというもの、トラブルには事欠かないなぁ。これで見捨てるってのはまぁ、ないだろう。ないよなぁ。仕方ない。俺は深い溜息《ためいき》を吐《つ》きながら腰のレーザーガンをホルスターから引き抜き、横道から飛び出した。

「ひゃあ⁉」

「なっ⁉」

突然出てきた俺にびっくりして先を走っていた女性がたたらを踏み、彼女を追っていた男は俺の構えているレーザーガンを目にして咄嗟《とっさ》に身を低くしながら懐に手を入れた。素人《しろうと》の動きじゃないな。俺は止まりきれずに突っ込んでくる女性の腰を抱くようにして受け止めながら、姿勢を低くした男の頬《ほお》を掠《かす》めるように発砲する。

「両手を頭の後ろに置いてそのままゆっくりと下がれ。妙な動きをしたらこいつが火を噴くぞ。次は顔のど真ん中にぶち当ててやる」

男が懐に伸ばそうとしていた手を止め、地面に片膝《かたひざ》をついたままゆっくりと両手を上に挙げた。そのまま彼はそっと両手を頭の後ろへと動かし始める。

「き、君は……」

俺に抱き竦《すく》められた女性――ショーコ先生は俺の腕の中で身を捩《よじ》っていたが、自分を抱いているのが俺だとわかって安心したのか、ガクリとその身体《からだ》から力が抜けてしまった。どうやら腰を抜かしてしまったらしい。

「事情はわからないが、そのまま後ろを向いてどこへなりと行ってくれ。妙な動きをせずに、お行儀良くな」

男は鋭い視線をこちらに投げかけてきている。こりゃ諦《あきら》めた感じじゃねぇなぁ。俺は軽く息を吸い込み、呼吸を止めた。

「っ！」

男が目を爛々《らんらん》と輝かせて左手をこちらに向けてくる。その左手は手首から先があらぬ方向に曲がっており、手首の断面には銃口のようなものが見て取れた。ははぁ、左腕にレーザーガンが仕込んであるのか。サイボーグってことなのかね？　その動きは無駄が少なく、実に素速いものだったのだろう。

だが、呼吸を止めた俺の目にはその一連の動きは酷《ひど》く緩慢なものに見えていた。男が動き始め、左手をこちらに向けようとし始めた頃《ころ》には既に俺の手の中にあるレーザーガンは男の左手にその照準をピタリと合わせ続けていたのだ。

「がはぁっ⁉」

男が左腕の仕込みレーザーガンを発射するよりも早く俺のレーザーガンから発射されたレーザーが男の左腕に着弾し、小爆発を起こした。男は至近距離で炸裂《さくれつ》した自分の腕の爆発に巻き込まれて路地の壁に激突し、ぐったりとその身体を地面に横たえる。その様子を見てショーコ先生がぎゅっと俺に抱きついてきた。おほほ、ミミ並みの胸部装甲がすげぇ。エクセレント。

「こ、殺してしまったのかい……？」

「さぁ？　運が良ければ生きてるんじゃないですかね」

至近距離であの爆発を食らったのだから完全に無事ということはないだろう。かと言って油断するというわけにはいかないが。

「事情はわかりませんが、とりあえず追っ手はこいつだけなんですかね？」

「わ、わからないんだ。必死に逃げてきたから……」

「なるほど」

どうしたものか。まぁこのままここにいるのは悪手か。こいつが生きているにせよ死んでいるにせよ……いや、死んでたとしても生きていたとしても放置はマズいか？　状況としては正当防衛だと思うが、放置して死なせたりしたら犯罪になるかな。

「ショーコ先生、とにかくこの状況をどうにかしましょう。官憲とかに連絡するのが良いですかね？」

「そ、そう……だね。そうしたほうが良いと思う。私の端末は生憎《あいにく》ながら落としてしまって」

「じゃあ俺が連絡します。良いですね？」

俺の腕にしがみついたままコクリと頷くショーコ先生に断って一度腕を放してもらい、レーザーガンを倒れた男に向けたまま左手で端末を操作する。いや、ショーコ先生。子供じゃないんだからそんな……ええ、胴体に抱きついてもらっても俺は一向に構いませんよ。ええ、構いませんとも！

☆★☆

「あんたのトラブル体質には脱帽するしかないわね」

「なんというか、こう……息を吸うようにトラブルを引き寄せてきますね」

現場から少し離れたベンチで官憲からの事情聴取を受けているとエルマとミミが俺とショーコ先生の前に姿を現した。官憲に連絡をした後にエルマとミミにもグループメッセージで連絡をしておいたのだ。

既にトラブルは概《おおむ》ね解決して官憲の到着待ちだと先に伝えていたのでさほど慌てた様子はなかったが、周りに屯《たむろ》する官憲の数と、未だに俺に抱きついたままのショーコ先生の姿を見て二人は呆れた様子である。

「違うから、そんなんじゃないから」

「その言い分はちょっと苦しいわよ」

「あはは……」

ジト目で俺を睨んでくるエルマと苦笑いを浮かべるミミ。そんな二人を見上げながらショーコ先生が口を開く。

「いや、本当に彼のせいじゃないんだ。私が彼を巻き込んだ形——いや、やっぱり彼のせいかな？」

「えっ？」

擁護かと思いきや突然の裏切りである。

「実はね、彼の遺伝子データを解析したものをうちの研究所に持ち込もうとしたところを襲われてね……だからヒロ君が遠因であると言えないこともないね」

「なるほどぉ……って俺の遺伝子データを盗まれたんですか？」

「ああ、うん。専用のセキュリティケースに入れてあるからそう簡単に中身は取り出せないし、位置の発信機能も兼ね備えているからじきに発見できると思うけどね」

「なら良いですけど……というか、ショーコ先生が運んでいたんですか？　一人で？」

「うん。設備の充実している研究所に戻るついでに私が自分で運ぼうと思ったんだ。そうしたら見知らぬ男達に襲われてね……ケースを取り上げられて、私も拐《さら》われそうになったってわけさ。隙を突いてなんとか逃げ出したんだけど、あの男はしつこくてね……もうだめかと思った時にヒロ君に助けられたというわけだね」

抱きついていたショーコ先生が再び俺を抱きしめる腕にぎゅっと力を込める。嬉《うれ》しいけど二人の前だとちょっと気まずいな！　嬉しいけど！

「ショーコ先生、それがこいつの手口よ。私達もそれでコロッとやられたんだから」

「手口って……エルマさん」

エルマが俺の頬を軽く抓《つね》りながら引っ張る。痛くはない。ミミはエルマの言い分に苦笑いを浮かべている。いや、手口って言うけれどもね？　俺だって狙《ねら》っているわけじゃないのだよ？　たまたまトラブルに巻き込まれることが多くて、それが結果的に女性を助けるような形になるだけで。というか手口も何もまだ三件目だし！　毎回じゃねぇ……いや、トラブルが三回起こって三つとも女性を助けてるんだから毎回じゃねぇとは言えねぇな？　ターメーン星系の紛争もセレナ大尉絡みと考えればカウントされるな？　い、いや、偶然だし……狙ってるわけじゃないし！

「そうなのかい？」

ショーコ先生が俺に抱きついたまま小首を傾《かし》げてそう聞いてくる。仕草があざといな⁉　というか現場検証をしている官憲のお兄様達の視線がヤバい。リア充爆発しろという怨念《おんねん》の籠《こ》もった視線が俺を灼《や》き殺さんばかりだ。

「狙っているわけではないということだけは主張しときます。というか狙ってこんなことできるわけないでしょう？」

「それもそうだね」

俺の言い分にショーコ先生は納得したように頷《うなず》いてくれた。よし、俺の名誉は守られた。というか先日の宙賊襲撃といい今回の遺伝子データ強奪といい、意外とショーコ先生もトラブル体質なのでは？　言わないでおくけれどもさ。

「遺伝子データの捜索はどうするんです？」

「コロニーの官憲とイナガワテクノロジーの専門部署が捜索に当たることになるかな。もしかしたらイナガワテクノロジーから傭兵《ようへい》ギルドに奪還依頼が出るかもしれないね」

「……俺はやりませんよ？」

「直接の利害関係があるヒロ君には回さないと思うよ。これでセキュリティケースが開けられてデータの漏洩《ろうえい》が起これば、イナガワテクノロジーは賠償金を払うことになるわけだし。その捜索に利害関係者であるヒロ君を駆り出すのは本末転倒だよね」

「それもそうですね」

俺が捜索依頼を受けてデータの流出を看過すればそれだけで３０００万エネルがポンと転がり込んでくるわけだしな。逆に俺が努力した末にそれでもデータの流出が起こる可能性もあるわけで、そうなるとイナガワテクノロジー側が本当に俺は真面目《まじめ》にやったのか？　と疑惑を向ける可能性もある。直接の利害関係者である俺をデータの捜索に駆り出すのはトラブルの元にしかなるまい。

「それじゃあ任せますけど……送っていきましょうか？　大丈夫ですか？」

「おや？　送り狼《おおかみ》ってやつかい？」

「純粋に心配してるだけなんですが……」

「あはは、冗談だよ。大丈夫さ、官憲にイナガワテクノロジーの保安部に連絡をしてもらったから、程なくして迎えが来る――来たね」

ショーコ先生が視線を向けた先にボディアーマーに身を包み、武装している人達が官憲と何やら話をしていた。小型情報端末を提示しているのは身分の照会手続きか何かだろうか。

「なんで最初から彼らと一緒に行動しなかったんですか？」

「連中を動かすとなると手続きが煩雑で、時間がかかるんだよ。データの存在そのものがどこにも漏洩していないはずだし、狙われるようなこともないだろうと思ってね……」

「ショーコ先生……」

「反省してるよ、うん……」

ショーコ先生ががっくりと項垂《うなだ》れて溜息《ためいき》を吐《つ》く。きっとこの後上司にこっぴどく怒られたり、始末書を山程書かされたりするんだろうなぁ。哀れとは思うが、あまり擁護はできない。俺が通りかかっていなかったらショーコ先生自身も何かしらよくない状況になっていただろうし。

そうしているうちにイナガワテクノロジーの保安部の人々がこちらへと歩いてきた。

「ドクター……上はもうカンカンですよ」

サイバーチックなフルフェイスヘルメットを被《かぶ》った保安部の人がそう言って肩を竦める。フルフェイスヘルメットにボイスチェンジャーでもついているのかなんとなく機械音声っぽい感じに聞こえる。なんだそのフルフェイスヘルメット。かっこいい。

「わかってる、わかってるよ……はぁ。ああ、ヒロ君、ありがとうね」

「ええ、お気をつけて。もう心配は要《い》らないでしょうが」

「うん。それじゃあね」

ショーコ先生は武装集団に連れられてトボトボと歩いていった。俺が仕込み腕を爆発させてやった男もとっくに搬送されていったし、俺の事情聴取も終わっているのでこれで俺もここに留《とど》まり続ける理由がなくなったな。

「……行くか」

歩き出そうとしたところで両腕を拘束される。

「どこへ行こうというのかしら？」

「ヒロ様」

当然ながら、俺の両腕を拘束しているのは我が船の麗《うるわ》しきクルー達である。

「一人にしておくとどんなトラブルに巻き込まれるかわかりませんから、お供しますね」

「セキュリティレベルの高いコロニーですら一人歩きできないとか一種の才能よね」

「俺は無実を主張する」

結局俺は二人と一緒に色々な店を回ることになった。一人でブラブラする気楽さとは……という哲学的な疑問も生じたが、最終的に楽しかったのでよしとしようと思う。

なお、この世界には家庭用ゲーム機に相当する遊具はなかったことを報告しておく。後に調べてみたところ、どうやら据え置き型の情報端末の高性能化と開発プラットフォームの統合など諸々《もろもろ》の事情があって家庭用ゲーム機という存在は遥《はる》か昔にその姿を消したらしい。今となっては据え置き型の情報端末にコントローラーなどの各種アクセサリをつけて遊ぶようになっているのだそうだ。

俺がその事実を知るのはずっと後のことになる。

#6：対宙賊独立艦隊

更に翌日。昨日《きのう》のことも踏まえて今日は船の中で大人しくしておこうということになった。外に出てブラブラしたら何かトラブルに巻き込まれる。ならば外に出なければいいじゃないか、と。

しかし、世の中そううまく行かないものである。ミミにオススメの電子書籍アプリを教えてもらい、何か読むかなぁと書籍をあれこれと試し読みしていると、クリシュナに来客があったのだ。

もしやショーコ先生だろうか？　始末書の山から解放されたのかしらん？　と考えながらハッチ前の映像をホロディスプレイに映し、その映像を見た瞬間の俺の表情はそれはもう盛大に引《ひ》き攣《つ》っていたに違いない。

「お久しぶりですね、シルバーランク傭兵のキャプテン・ヒロ」

予想外の客人であった。

整った目鼻立ちに輝く金髪、紅《あか》い瞳《ひとみ》、そして純白の軍服に赤いマント。腰に立派な剣を差した美《び》貌《ぼう》の女軍人。そう、ターメーン星系にいるはずのセレナ＝ホールズ大尉がクリシュナにやってきたのだ。

居留守を使いたいところだが、無駄な抵抗であろう。彼女はやろうと思えばこの船の出入りを監視するための人員を手配することなど朝飯前にこなしてしまうのだから。

俺は船内に緊急警報を発令し、最低限来客を迎えても失礼ではない格好に着替えてから彼女を船内へと招き入れた。

「あら、なかなか良い自動調理器を使っているんですね」

「それはどーも」

クリシュナに応接間などというものはないので、セレナ大尉には食堂に腰を落ち着けてもらった。今はミミが出したお茶を優雅な仕草で飲んでいらっしゃる。まぁ淹《い》れたのはテツジンシェフだけど。

正面に座るセレナ大尉に対して、俺達三人は対面に三人で並んで座っていた。中央、セレナ大尉と真正面から対峙《たいじ》する形で俺。その左右にミミとエルマである。

「それで、ええと……何の御用で？」

俺の問いに彼女はニッコリと微笑《ほほえ》み、そっとお茶の入ったマグカップをテーブルの上に置いた。うん、小洒落《こじゃれ》たティーカップやらソーサーやらは俺達みたいな一般人の船には用意がないんだ。

「ふふ……お誘いに来ました」

笑顔のままそう言い放ったセレナ大尉に対し、俺達は互いに顔を見合わせた。恐らく、この瞬間俺達の考えは完全にシンクロしていたと思う。どこまで執念深いんだこの女は、と。

「私、狙った獲物は逃さないタイプなんですよ」

ヒェッ……怖い！　ニコニコしながらそんなことを言われて背筋が寒くなる。左右から俺の腕が抱え込まれた。俺のことは渡さないというミミとエルマの意思表示だろうか……右腕だけ幸せだな。左腕？　ああ、うん、固くはないかな？

「見せつけてくれますね」

「これは失敬。二人とも」

俺が声を掛けるとミミとエルマは渋々といった様子で俺の腕を解放した。もう少し味わっていたかったが、仕方があるまい。というか流石《さすが》に空気を読んでくれ。どう考えてもセレナ大尉の狙った獲物云々《うんぬん》はそういう意味じゃねえだろう。

「ええと、何度かお断りしたはずですが、俺は帝国軍に入るつもりはありませんよ」

「はい、存じていますよ。とても残念です」

セレナ大尉が笑顔を崩し、いかにも悲しげな表情を作って悩ましげに溜息を吐く。実に芝居がかった仕草だ。この人は意外とお茶目な人なんだろうか？

「仕方がないのでそこは諦《あきら》めましょう。あまり強引に勧誘して傭兵ギルドに目をつけられるのもよくありませんしね。私は傭兵ギルドと仲良くしたいんですよ」

「なるほど……？」

だとしたら、この人は何をしにここに来たというのだろうか。俺は軍には入らない。それを認めた上で俺に会いにわざわざクリシュナまで足を運んで、狙《ねら》った獲物は逃さないなんて宣言する理由はなんだ？

「まさか、帝国貴族の権力を振りかざすつもりじゃないですよね？」

「それこそまさかです。そんなことをしたら貴方《あなた》はベレベレム連邦に逃げるでしょう？」

「……」

沈黙を以《も》って答える。ここで『そうですね』などと返すのはまずい。相手は帝国軍人だからな。

「ところで、私昇進したのですよ。先日のターメーン星系防衛戦での活躍が認められたんです。ほら、階級章も変わっているでしょう？　今の私はセレナ＝ホールズ少佐というわけです」

「それはおめでとうございます」

肩の階級章らしきものを指差しながら笑顔で昇進の報告をするセレナ大尉――いや、セレナ少佐に素直に賛辞を述べる。まさか昇進の報告をするためにわざわざ来たというのか？　ありえないだろう。俺は警戒レベルを引き上げた。

「私が昇進できたのもキャプテン・ヒロ、貴方が先日の防衛戦で獅子奮迅《ししふんじん》の活躍をしてくれたからです。何故か結晶生命体が敵艦隊を襲うという幸運も大きかったですね。何故か」

「ははは、運が良かったですね。あの時は丁度敵艦隊に突っ込んでいたところだったので、俺は肝が冷えましたが」

内心冷や汗が出てくる。大丈夫だ、俺が歌う水晶を使って結晶生命体を召喚し、ベレベレム連邦の攻撃艦隊に擦《なす》り付けた件はバレようがないはずだ。落ち着け、俺。

「ふふ、そうですね。とても良いタイミングでしたね。まぁ、そこは追及するつもりはないのでご安心ください」

セレナ少佐がニッコリと微笑む。貸し一つだぞ、という顔だ。くそう、貸しも何もあるかよ。俺があしなきゃまず間違いなく星系軍に大きな被害が出てたんだ。むしろ俺が貸してるんだよ。

「ははは、何のことだかわかりませんが、俺の行動がセレナ少佐のお役に立ったのであれば幸いですね」

「ふふふ」

「ははは」

不気味に笑うセレナ少佐と俺のやり取りが怖いのか、ミミが微妙に震えている。

前は上手《うま》く手玉に取られたが、二度も同じ失敗をする俺ではない。今回は最初から警戒度ＭＡＸだからな。そう簡単にいくと思われては困る。

「それで、そろそろ本題に入りませんか？」

「そうですね。私は昇進と同時に新設された新たな艦隊を指揮することになりました」

「それはおめでとうございます、で良いのでしょうか」

「ええ、私にとっては嬉《うれ》しいことです。前々から帝国軍上層部に具申していた対宙賊独立艦隊の設立が認められ、その指揮を任されたわけですからね」

「対宙賊独立艦隊……？」

「はい。ごく大雑把に言うと、帝国航宙軍は大きく二つに分けられます。各恒星系のコロニーや要《よう》塞《さい》に駐屯し、他国からの侵攻や恒星系の治安維持に努める防衛艦隊と、他国からの攻撃艦隊を撃滅したり、他国への攻撃を担ったりする機動艦隊の二つですね」

「なるほど」

「主に星系軍、と呼ばれる防衛艦隊に所属する総戦力は多いですが、広大な帝国領域をカバーするために戦力は分散しがちです。なので、宙賊や宇宙怪獣の類を積極的に攻撃するのにはリスクが伴うことが多く、守勢に回りがちなのですね。下手《へた》に被害を出して治安維持を満足にこなせなくなると致命的な事態を招きかねませんから。なので、綿密な計画を立て、戦力を整えて完封できるような状況でもないと星系軍がそういった脅威を積極的に排除することはできないわけです」

「理解できます」

脅威の排除のために星系軍が大きな被害を受けると、星系軍が動けなくなったという情報が瞬く間に周辺星系の宙賊へと拡散されて大挙して押し寄せてきかねない。ほぼ完封したような状況でも整備のために巡回は少なくなるわけで、それを狙って『流れ』の宙賊が増えるくらいなのだから。

大被害を受けてほとんど機能不全、なんて状態になったと知れ渡ったら『流れ』の増加程度では済まなくなるだろう。最悪、コロニー襲撃とかそういう事態にまで発展するかもしれない。

「だからといって機動艦隊をみだりに動かすわけにもいきません。機動艦隊は帝国最強の剣であり、盾でもあります。その運用には莫大《ばくだい》な費用がかかりますし、下手に動かすとその隙を狙って隣国が攻め入ってくる可能性もありますから」

「つまり、遊撃戦力が足りてないと。今はそこを傭兵《ようへい》が担っているわけですか」

「そういうことです。それを傭兵任せにするのではなく、帝国軍でも遊撃戦力を作ろうというのが今回新設された対宙賊独立艦隊というわけですね」

「理解できました。ですが、その艦隊の指揮官であるセレナ少佐がわざわざ俺の船に足を運ぶということとどうにも繋《つな》がらないのですが」

つまり、帝国航宙軍が自前で戦力を用意して傭兵の商売敵になりますよという話である。とは言っても一艦隊でカバーできる範囲などたかが知れているので、独立艦隊が活動している恒星系を避ければ良いだけの話だ。正直『ふーん、頑張ってね』くらいの感想しか出てこない。何故《なぜ》指揮官自らが俺の船まで足を運んで、そんな話をわざわざ聞かせるのか理解に苦しむ。

「ええ、そこで貴方を勧誘に来たわけです」

「……」

帝国軍には入らないって何度も言ってるだろいい加減にしろ、という視線を送る。

「そこまで露骨に拒否されると逆に燃え――んんっ！　なんでもないです。つまりですね、依頼をしたいんですよ。宙賊退治のプロフェッショナルである貴方に」

「依頼ですか」

傭兵ギルドを通した依頼ならまぁ、内容によっては受けることも吝《やぶさ》かではないな。なんか不穏な言葉が聞こえた気がするが、スルーしておこう。俺は見えている地雷を踏みに行くような馬鹿じゃないんだ。

「具体的にはどのような内容で？」

「私達帝国航宙軍には艦隊として敵艦隊や敵拠点を攻撃するノウハウは心得ていますが、少数で無軌道に動き、場当たり的に民間船などを襲う宙賊に対するノウハウはありません」

「それはそうでしょうね」

そもそもからして身につけている戦術が標的とマッチしないのだ。運悪く独立艦隊の前に出てきた宙賊は一瞬でスペースデブリに早変わりするだろうが、宙賊だって馬鹿じゃない。独立艦隊が近づいてくれば逃げるなり隠れるなりするだろう。

「そこで、宙賊退治のプロフェッショナルである貴方にそのノウハウを教えていただきたいというわけです」

「なるほど。話はわかりました」

「では？」

セレナ少佐が期待に目を輝かせる。

「お断りさせていただきます」

そして俺のにべもない言葉を聞いて、ピシリと笑顔のまま表情を凍りつかせた。

「な、何故ですか……？」

「いや、俺が受ける必要なんてないでしょう。むしろ傭兵ギルドに話を持っていって、傭兵ギルドから直接ノウハウを学んだほうが良いのでは？　出自の怪しい俺なんかよりもよほど適切な教官を選出してくれると思いますよ」

もっともらしいことを言っているが、面倒臭いだけである。報酬額はまだ聞いていないが、恐らく俺達が普通に宙賊を狩って手に入れる金額よりも多いということはあるまい。そしてどう考えても拘束期間が長いに決まっている。報酬が安い上に長期間拘束されるとか俺にとってはデメリットしかない。

「私は貴方からノウハウを学びたいんです」

「嫌です」

「何故そこまで頑《かたく》ななのですか？」

セレナ少佐が可愛《かわい》らしく頬《ほお》を膨らませる。うん、美人はどんな顔をしても様になるな。でもな、頑なに断る理由は単純明快だ。


そんなのあんたが面倒臭そうな女だからだよ！　察しろよ！

などと言えるわけもないので、適当な理由を考えようとする。何せ相手は帝国貴族だ。この帝国の法律には詳しくないのでわからないが、貴族なんてものが存在するのだから侮辱罪などがあってもおかしくはない。

「報酬が期待できそうにない上に拘束期間が長そうだからです。逆に、何故そこまで俺に拘《こだわ》るんですか？」

「それは貴方の発想とそれを実行する度胸が図抜けているからです。あれだけいる傭兵の中で、独自の作戦を立案してきたのは貴方だけでしたし、その作戦内容は一見無謀としか思えないものでした。しかし、貴方はそれをやり遂げて結果を出しました」

これは褒められているんだよな。ちょっとこそばゆい気分だ。

「それに、あの結晶生命体の擦り付けです。あれは歌う水晶を利用したのでしょう？　ああ、答えなくて結構です。証拠もありませんしね。ああいう大胆かつ残忍な手を躊躇《ちゅうちょ》なく実行できる貴方であれば、帝国軍の強力な艦艇を最大限に利用して『えげつなく』宙賊のゴミどもを抹殺する戦術を私に教示してくれるのではないかと、そう思っているんです。だから、私は貴方にお願いしたいんです。本当は部下として貴方が欲しいんですけれど、それは嫌なのでしょう？」

「嫌です」

本日二度目の嫌ですを叩《たた》きつける。しかしこの人まったくこたえている様子がない。メンタル強すぎない？

「部下にすることは諦めます。とりあえずは。その代わり、私に協力して欲しいのです。軍からの報酬だけで足りないのであれば、個人的に私が何か便宜を図るということもできます。私は侯爵家の娘ですし、帝国軍の佐官ですから。私とのコネクションは何かと役に立ちますよ？」

　そう言ってセレナ少佐がニッコリと微笑《ほほえ》む。ミミに視線を向けてみるが、私では判断できないですと言いたげにふるふると首を横に振る。次いでエルマに視線を向けてみると、そっと耳元で囁《ささや》かれた。

「帝国貴族の佐官にここまで言わせて突っぱねるのは逆に面倒になりかねないと思うわ」

　つまり、受けろということか。正直気が進まない。気が進まないが、エルマの言うことにも留意する必要はあるだろう。あまり頑なに断ってこじれるのも確かに面倒だ。あちらは何度も俺にラブコールを送ってきているわけだし、今回に至ってはわざわざこちらに足を運んでさえいるわけだ。こちらを呼び出すわけでもなく。これは俺に対して最大限に配慮していると捉《とら》えるべきだろう。俺としてはちっとも嬉しくないが。

「貸し一つですよ。契約に関してはきちんと傭兵ギルドを通してください。確か指名依頼の制度があった筈《はず》なんで。後は報酬ですね」

「拘束期間は尉官待遇で三十日としましょうか。つまり、独立艦隊内での上位者は私のみということです」

「なし崩し的に帝国軍に組み込まれるのは遠慮願いたいので、一日の拘束時間は基本的に十時間までとしてください。何が何でも定時で上がらせてもらいます」

「ちっ……良いでしょう」

　舌打ちしやがったぞこの女。拘束時間の制限をしなかったらどうするつもりだったんだよこええよ！

「あと、俺が持ってるノウハウはあくまでも傭兵としてのもの。それも単艦で宙賊を狩るためのものです。仕事としてやる以上は全力を尽くすつもりですが、独立艦隊の運用に寄与できるかどうかは保証致しかねます」

「そうでしょうね。それは理解できます。ですが、それは私達が上手に噛《か》み砕《くだ》いて吸収すれば良いだけの話です。帝国軍人は優秀ですから、ご心配なく」

セレナ少佐が笑顔のまま答える。交渉がまとまりそうだからか、機嫌はかなり良くなっているようだ。

「あとは報酬ですが……エルマ、適切な金額ってどれくらいになるんだ？」

「難しいわね。戦術講師として傭兵が軍に招かれることなんてそうそうないだろうし、前例がないと思うわ。ただ、日数拘束型の護衛依頼であれば一日あたり概《おおむ》ね3万エネルから5万エネルってところが相場ね」

「命の危険がある護衛任務というわけではありませんから、もう少し安くなるのでは？　それに、その報酬は護衛依頼をこなせる船団向けの依頼の報酬額ですよね？」

エルマの提示した金額にセレナ少佐が即座にツッコミを入れる。抜け目ないなぁ。恐らく事前にある程度調べてきたんだろうな。そういうところは抜かりがなさそうだもの、この人。

「でも、ヒロは普通に狩りに出れば一日平均20万エネルは稼ぐのよ？　一ヶ月拘束されて儲《もう》けが四分の一以下になるんじゃ流石《さすが》に割に合わないわよ。私達傭兵は慈善事業家じゃないんだから、利益がなければ動かないわ。当たり前のことだけど」

セレナ少佐の反論に鋭く切り返してエルマが肩を竦《すく》める。実際には毎日20万稼げるわけじゃないし、休養だってするから三十日で600万エネル稼げるってわけでもないけどな。

ただ、拘束期間中は何か美味《おい》しい依頼が発生しても参加できないわけだし、機会損失がないわけではないよな。

「ぐむむ……一日4万エネルで……」

「最低でも6万ね。4万じゃ話にならないわ」

「じゃあ間を取って5万で」

エルマが俺に視線を向けてくる。俺には判断できないので、任せるという意味で肩を竦めてみせた。

「それで良いわ。ヒロからは何か要望はある？」

「艦の性能を把握しないと戦術の立てようがない。対宙賊独立艦隊に所属する艦と搭載武装のデータを事前に貰《もら》いたいですね。シミュレーターで実際に触らせて貰うのも必要です」

「公開できる範囲でなら。シミュレーターに関しては事前にデータを傭兵ギルドに引き渡しておきます」

「じゃあ、それで良いわね。細かい話は傭兵ギルドを通してってことで」

エルマの言葉に俺とセレナ少佐が頷《うなず》く。これで暫《しばら》くセレナ大尉――いや、セレナ少佐の期間限定の部下になるわけだ。気が進まないなぁ。

「さて、じゃあ仕事の話は終わりってことで……折角船まで足を運んで貰ったんだからちょっといくつか聞かせていただいても？」

「そうですね……答えられることであれば」

セレナ少佐は少し考えた後に頷いた。

「じゃあ遠慮なく。と言っても大したことじゃない——わけでもないけど、ちょっと引っかかっていることがあって。ターメーン星系の宙賊討伐戦で星系軍の艦艇に突っ込んだ傭兵の船は覚えてますかね？」

「ええ、覚えていますよ。罪に問わないように通達したのにも拘《かかわ》らずこちらの手違いで厳しい賠償金の納期限を課してしまった件ですね。確かそちらのエルマさんが船のオーナーだったと思いますが」

「知っているなら話が早い。念のために聞いておきたいんですが、賠償額なんかには不正はなかったので？」

「ええ、それは再三確認しましたので間違いないですね。納期限については不手際がありましたが、それはそれ、これはこれです。今更減額することもできませんし、返還などもできませんし、しませんよ。不手際に関しては謝罪しますが、担当者は既に処分済みです。はっきり言うと私への嫌がらせだったんですよね、その件は。こういうのもなんですが、目障りな人間を処分するきっかけとなったので、こちらとしては助かりました」

セレナ少佐は全く悪びれる様子もなくしれっとした態度でそう言った。

「一人の人間の人生を台無しにしかけたのに、全く悪びれる気配がないな」

「ええ。賠償金の発生についてはこちらに非はありませんので。彼女は自分の不注意で星系軍の戦艦を中破させたのですからね。と言いますか、本来であれば賠償金などではなくより重い罪に問われてもおかしくないのですよ？　過失であるとしても帝国航宙軍の戦艦を中破させて行動不能に陥らせ、多数の帝国軍人に重傷を負わせたのですから」

「ふむ……なるほど」

確かにそう言われると賠償金で済んだのは御の字なのだろうか。

「私の想定よりも短い納期限になった点に関しては申し訳ないとしか言えませんが、本来であればその納期限も航宙軍の一存で決められるものですからね。慣例的には短くとも数ヶ月、長くて一年ほどの納期限となることが多いですが、それも絶対ではありません。悪質性が高い場合は今回の件のように短く設定することもあります。その辺りはケースバイケースで、今回の場合は私は長くするように通達しました。しかし、それは無視されて懲罰レベルに設定されてしまったわけですね。ですが、その不手際に関しては担当者を処分することでこちらとしても誠意を示したというわけです」

ふーむ……納得し難い部分もあるが、貴族と軍人が強権を持っている社会制度の中ではさもありなんといったところか。

「ヒロ、もう良いわよ。私が間抜けだったのは間違いないんだし、結果としてヒロと一緒に行動することになったのは、その……悪くないわ」

考え込んでいる俺の腕を引きながらエルマが微《かす》かに笑みを浮かべる。うーん……まぁ、本人が良いと言うならこれ以上突っかかるのも無駄というものか。

「ふふ、キャプテン・ヒロは仲間思いなのですね。そんな貴方に朗報があります」

ニッコリと微笑むセレナ少佐。嫌な予感しかしない。

「今回の依頼を完遂した暁《あかつき》には、私個人の契約傭兵《ようへい》としての地位を差し上げましょう」

「……」

「そこまで露骨に嫌そうな表情を見せられるのは生まれてこの方初めてです」

俺の表情がよほど嫌そうな表情だったのか、セレナ少佐が苦笑いを浮かべながら頬をヒクつかせる。いや、だって、なぁ？　面倒ごとの予感しかしないじゃないか。

「一応聞いておきますが、メリットは？」

「率直で良い質問ですね。まず、私の契約傭兵になることによってグラッカン帝国の貴族や軍絡みのトラブルに非常に巻き込まれにくくなります。私は帝国航宙軍の少佐ですし、ホールズ侯爵家の娘でもありますから。その私の契約傭兵にちょっかいをかけるというのは、つまり私にちょっかいをかけるのと同じことになりますね」

「なるほど。でも、逆に言うと少佐を敵視している人達からは絡まれやすくなりますよね？」

「その可能性はゼロではありませんが、そのような奇特な方はまずいないと思いますよ。もし何かトラブルがあればご一報くだされば対処しますわ。できうる限り」

「できうる限り、ね」

「ええ、不満ですか？」

「いいや。それじゃあデメリットに関して話そうか」

俺は言葉を崩しながらにっこりと笑みを浮かべる。もう謙《へりくだ》るのは終わりだ。

セレナ少佐もにっこりと笑みを浮かべる。二人とも笑顔。仲良しだな。ミミがなんかプルプル震えている気がするけど、そんなに怖がらなくても良いんだぞ？

「そんなものはありませんよ？」

「ははは、ご冗談を。言っておくが、俺は良いようにあんたに使われるつもりはないぞ。既にあんたには貸し一つだ。借りを返す前に更に借りを作るような真似《まね》はしないよな？」

「おや、その借りは契約傭兵にすることでチャラですよね？」

「そりゃあんたが俺を自分の懐に誘い込むための手札だろう？　それで借りを返したつもりになるなんて厚かましいってもんだ。今回は貴族であり、軍の佐官でもあるあんたが俺達に一定の譲歩をしたから、こちらもそれに応じただけだ。先程エルマも言ったように、報酬としては下の下だよ。普通なら見向きもしないね。だから貸し一つなわけだしな」

セレナ少佐がぐぬぬ、とでも言いたげな表情をする。

「貴族や軍関連の面倒ごとに関してだって、最悪全部ぶっちぎって逃げてしまえば問題ないわけだしな。それを考えればトラブルから守ってくれるっていうのもそこまで大きなメリットじゃない。契約傭兵になることによってあんた個人やホールズ侯爵家と敵対する貴族から睨《にら》まれることが確実になるわけだから、むしろデメリットのほうが多いとさえ言える。それに、わざわざ『契約傭兵』になんかするってことは、この船の行動にも制限がかかるわけだろう？　それこそデメリットが多すぎるね。知っての通り俺のやり口は常識はずれだぞ？　何かやらかした時にあんたの契約傭兵だったりしたら不味《まず》いんじゃないのか？　その時は切り捨てれば良いか？　そんな時に切り捨てられるようならそれこそメリットがない。結論、あんたの契約傭兵とやらになるメリットは薄く、デメリットばかりが大きいと俺は考えている。反論はあるかな？」

歯に衣着せぬ俺の物言いにセレナ少佐は顔を赤くしてプルプルと震えていた。怒らせたかな？いや、俺だって鬱憤《うっぷん》が溜《た》まってるんだよ。嫌がらせのように勧誘メールを送られた上に美味しくもない依頼を受けさせられる羽目になってんだ。こっちの身にもなれって感じだよ。

「ちょ、ちょっと、いくら何でも言いすぎ――」

「ふふふ……ホールズ侯爵家の娘である私にそこまでふざけた態度で接してくるのは貴方が初めてです」

赤い顔のまま口元をヒクヒクと引きつらせてセレナ少佐が俺に視線を向けてくる。ちょっと挑発するつもりでキツめの言葉を使ってみたが、やりすぎたか？

「ですが、良いでしょう。許します。貴方の言うことにも理がないわけでもありません。無理に手中に収めようとすると壊れてしまうものもこの世には存在するものですしね。飼い猫の愛らしさと野良猫の逞《たくま》しさは別ですから」

「誰《だれ》が猫か」

引《ひ》っ掻《か》くぞこいつめ。

「首輪をつけずとも、餌付けで飼いならすことはできますからね。首輪を嵌《は》めるのは十分に餌付けをして飼い慣らしてからにすることにします」

「いつか首輪を嵌めるつもりなのかよ」

「ええ。私、狙《ねら》った獲物は逃さない主義なんです」

セレナ少佐が唇に人差し指を当て、色っぽい流し目を送ってくる。この背筋がゾクリとする感触は悪寒だよな？　そうであってくれ。

ミミとエルマはそんなセレナ少佐に何か感じるものがあったのか、二人して左右から腕に抱きついてきた。その様子を見てセレナ少佐がクスクスと笑う。

「今日のところは依頼を請けてもらえるということで満足しておきましょう。傭兵ギルド経由で依頼を出しておきますので、よろしくおねがいしますね。データも傭兵ギルドに預けておきますので」

「ああ、わかった。仕事の際には言葉に気をつけるつもりだが、多少地が出るのはご容赦願いたいね」

「ええ、そうしてください。プライベートな場ではそのままの言葉遣いでよろしいですよ」

「ははは、承知いたしました」

プライベートな場で会うつもりなんてないけどな。

☆★☆

「侯爵令嬢の少佐相手によくもまぁあんな口を利くわね……ヒヤヒヤしたわよ」

セレナ少佐が帰った後、食堂で昼食を摂りながらエルマがぼやいた。今日のエルマの昼食は和風パスタっぽい麺類《めんるい》に棒々鶏《バンバンジー》っぽい肉入りサラダのようなものだ。

「あの程度で激怒して決裂するならどっちにしろ上手《うま》くはいかんだろ。逆に、あれだけ言っても激怒したりせずにむしろ笑って許して関係を続けようとする辺り、アレは結構マジだな。油断してるとどこかで足を掬《すく》われるかもしれんから、下手《へた》に口約束とかしないように気をつけなきゃいかん」

俺が食っているのはハンバーガーとフライドポテトっぽいものとシェイクだ。シェイクはちょっと青臭いけど美味《おい》しい。何のシェイクだろう、これは。

「あのひとはだめですきけんです」

ミミにしては珍しくセレナ少佐に対して何らかの危機感を覚えているようだ。ケチャップたっぷりのオムライスをもそもそと口に運びながら俺にジト目を向けてきている。

いやいや、確かにセレナ少佐は美人だしおっぱいも結構あるけど、そう簡単にあんな地雷案件に靡《なび》くような男じゃありませんよ、俺は。心配は無用だ。

「ま、暫くは訓練期間だな。俺は依頼にかかりきりになる。ミミはオペレーターの訓練を進めてもらいたい。エルマは俺とミミを手伝ってもらえると嬉《うれ》しいね」

「そうね。そうするしかないわね。ま、刺激的な毎日を送るだけが傭兵じゃないわ。こういう時もあるわね。でもヒロ、あんた、腕は錆《さ》びつかせないように訓練しておきなさいよ」

「善処する。まぁ、考えがないわけでもない」

単に盤上で教練するだけじゃそれこそ机上の空論だしな。どこかで実戦を入れるべきだろうし、何なら俺がアグレッサー役をやって模擬戦をするのも良い。シミュレーターもガンガン利用するべきだろう。

「まぁ、仕事でやる以上は真面目《まじめ》にやるさ。それで命の危険もなく、侯爵令嬢の少佐に貸しを一つ作れて、かつ幾らかでも金が入ってくる。ミミの学習も進む、いいことずくめだな」

「ヒロ様」

「うん？」

「気をつけてくださいね？」

「うん」

これはミミがセレナ少佐に特段の警戒をしているのか、それとも俺の信用がないのか……前者だよな？　前者だと言ってくれ。

「あの侯爵令嬢にコロッと籠絡《ろうらく》されるんじゃないわよ」

「信用ねぇな⁉」

「前に一回やらかしてるじゃないの」

「ぐうの音《ね》も出ねぇ」

それを言われると弱いよなぁ。

こんな感じでこの日は微妙に不機嫌なミミとエルマの機嫌を取って過ごすことになった。クリシュナから一歩も出ることなく完全に三人で引きこもり態勢である。たまにはこんな日も良いだろう、うん。近々出ずっぱりになるだろうしな。

☆★☆

セレナ大尉、もといセレナ少佐の来訪から数日。俺達は基本的にクリシュナの中にこもったまま各自トレーニングに励んでいた。

ミミはオペレーターとして訓練を進め、エルマはそのサポート。俺はというと。

「ううむ、貴族こわい」

エルマに勧められて……というか半ば強制されてグラッカン帝国の貴族関連のトラブルや仰天エピソードをドキュメンタリー映画風に撮影したホロ動画を視聴させられていた。

エルマ曰《いわ》く。

『あんたの貴族に対する態度が怖すぎる。最悪クルーもまとめて無礼討ちなんてことも有り得るんだから勉強なさい』

とのことで、最初は面倒くさいなぁと思っていた俺だったのだが、視聴を進めるうちに貴族のヤバさというものがわかってきた。

ダントツでヤバいのは、グラッカン帝国の貴族は正当な理由さえあれば貴族以外を殺害しても罪に問われない、という点だろう。

この正当な理由というのが曲者《くせもの》で、グラッカン帝国に仇《あだ》なす者なら〜とか、侮辱を受けたなら〜とか記述が非常に曖昧《あいまい》だ。ぶっちゃけていうと恣意的《しいてき》な運用がいくらでも可能な上に、それを判断するのも基本的に貴族自身。

他の貴族の領地《シマ》だと判断するのはその領地の貴族ということになるので多少は慎重になるようだが、貴族は基本的に貴族の味方である。利権その他いろいろな理由で敵対でもしていない限りは。

なので、貴族に対してナメた態度を取っていると『斬り捨て御免！』『グワーッ！』という感じにばっさりやられてもおかしくはないというわけだ。

とはいえ、そんな貴族もあまりに横暴にやりたい放題やっていると、帝国政府に目をつけられて『グラッカン帝国に仇なす者』という理由でお咎《とが》めを受けることがあるのだそうだ。

帝国臣民はグラッカン帝国皇帝の大事な資産でもあるし、人口減少は帝国の国力減少に他ならない。それに横暴な者をのさばらせておくと帝国貴族の品位が落ちる、ということらしい。

そう、帝国貴族は何より品位と誇りを大事にする。平民相手に過剰に威張り散らし、無礼討ちを繰り返すような貴族は他の貴族からの評判が落ちて爪弾《つまはじ》きにされるのだそうだ。

日本生まれの俺にはなんとも評価がし難いのだが、その辺りのバランスが絶妙に保たれて今のグラッカン帝国は成立しているというわけであるらしい。腐敗が始まるとバランス崩壊まっしぐらなんじゃないかと思うんだが、そうなっていないということは腐敗を防ぐ強固なシステムがあるのだろう。

「貴族ヤバいな」

俺の勉強の様子を見に来たエルマに素晴らしく豊かな語彙《ごい》でそう言うと、エルマは呆《あき》れたかのように溜息《ためいき》を吐《つ》いた。実際呆れているんだろう。

「そうよ、貴族はヤバいのよ。だから言葉遣いには気をつけなさい」

「今後は善処する。でもセレナ少佐には今更じゃないか？」

「そうかもしれないけどね、用心に越したことはないわよ。腰に剣を差してるのは大体帝国貴族だから注意しなさいよ」

「なるほど」

帝国貴族にとって腰に差した剣は貴族の誇りの証《あかし》であるらしい。侍の刀みたいなもんだと考えれば良いのだろうか。

「グラッカン帝国の貴族は基本的に善人が多いからそこまで心配はいらないはずだけどね……中には洒落《しゃれ》にならないくらいの愚物もいるから。できることなら関わらないのが一番よ。まぁ、向こうも用事がなければ傭兵《ようへい》なんかには近づかないでしょうけど」

「そうなのか？」

「普通の平民と違って傭兵は大体レーザーガンで武装してるし、戦闘技術も修めている場合が多いし、何より重武装の船を持っているでしょう？　下手にトラブルを起こして逆上されると向こうも困るわけよ。実際、あんたなら貴族が斬りかかってきてもレーザーガンで応戦できるでしょ？　いざとなったら船に乗って大立ち回りだってできるわ。こっちが貴族を恐れているように、あっちも傭兵を恐れているのよ」

「そうなのかー。まぁ、抵抗もろくにできない草食動物ならともかく、場合によっては鋭い牙《きば》で反撃してくる肉食動物にわざわざ近づかないよな」

「喩《たと》えが微妙だけど、そういうことね。でも、さっきも言ったけれどだからといって貴族に対して失礼な態度を取るのはやめなさいよ」

「前向きに善処する。ばっさりやられたくはないから」

貴族の持っている剣がどのようなものかは知らないが、あんなものでぶった斬られたら痛いでは済まないだろうということは想像に難くない。

「それにしても、やっぱり予想通りだったわ。もっと早く気づくべきだったわね」

エルマが苦虫《にがむし》を噛《か》み潰《つぶ》したような表情をしながら首を振る。一体何だというのか？　俺の表情から俺が何を言いたいのかを察したのか、エルマは再び口を開いた。

「記憶喪失にしても別次元からの転移者にしても、どっちにしろ一般常識が欠如しているってのはよく考えればわかることだったわ。一般的な常識や教養をつけさせる訓練をもっと早くすべきだったと思ってね」

「悪意がないのはわかっているが、馬鹿にされている気分だ……」

この世界の一般常識なんて知らないよ！　ＳＯＬにはそこまでの描写なんてなかったんだから

な！　俺は俺の世界の常識しか知らん。

「というか、俺からすればこの世界の常識のほうが特異に見えるわ。なんだよ男の船に女が乗ったらそういう関係になるのが当たり前とか。それなんてエロゲ？」

「今はハイパードライブの性能が上がったから恒星間移動の時間もかなり短縮されたけど、一昔前は一度ハイパースペースに入ったら抜けるのに一ヶ月二ヶ月は当たり前だったのよ？　荒くれ者の男だらけの傭兵が女を自分の船に乗せて一ヶ月二ヶ月二人きり……なんて状況で何もありませんでしたなんてことになると思う？」

「思わない」

そんな状況で手を出さないのはよほど複雑な事情を抱えているんだと思う。そもそも勃《た》たないとか。女性相手に性欲を抱けないとかそういう類の。

「そういうことよ。だから、傭兵の男の船に女が乗る場合はそういう覚悟をして、同意してるのが普通ってのが常識になって定着したわけ。慣習や常識にはそうなるだけの歴史があるのよ」

「なるほどなぁ……まぁ勉強は頑張るよ」

「そうしなさい。きっと無駄にはならないわよ」

エルマが微笑《ほほえ》む。この歳《とし》になって一般常識の習得し直しは辛《つら》いけど、頑張ろう……しかしエルマさんや、教材が幼児や児童向けのものばかりなのはなんとかならんのかね？

勉強などをしながら凡《およ》そ一週間が過ぎた。勉強や訓練の進み具合も滞りなく、体調も万全である。ワクチンの副作用などは結局大丈夫だったようだな。しかし、あの後イナガワテクノロジーから何の連絡もないのは少し気になる。俺の遺伝子データはどうなったんだろうか？　まぁ良いか。焦って問い合わせるようなものでもない。

この一週間だが俺が勉強をしていたのは最初の二日間だけで、その後はセレナ少佐から送られてきた対宙賊独立艦隊のデータを細部まで読み込んだりそのデータを使って色々とシミュレーションをしてみたり、傭兵ギルドのシミュレーターで実際に艦を動かしてみたり、逆にクリシュナのデータで戦ってみたりしていた。

そうして今日、遂《つい》に対宙賊独立艦隊の戦術アドバイザーとして着任するという運びになったわけだ。

「本日よりこの艦隊の戦術アドバイザーに着任したキャプテン・ヒロだ。よろしく頼む」

対宙賊独立艦隊の旗艦、その艦橋《ブリッジ》でセレナ少佐の隣に立ち、俺は声を張り上げた。

「この艦隊はセレナ少佐の指揮のもと、宇宙の害悪以外の何ものでもない宙賊共を一人残らずスペースデブリにするために活動すると聞いている。傭兵の俺にとってはそういうのは得意分野だ。だから今回アドバイザーとして招かれたわけだな」

そう言ってだだっ広いブリーフィングルームに集まっているクルー達を見回す。あちこちには他の船のブリーフィングルームの様子も映し出されている。ライブ中継されているようだ。

「俺は奴らの狩り方、騙《だま》し方、追い詰め方を教える。あんた達はそれを自分の中で噛み砕《くだ》き、吸収して実際の艦隊運用に反映していく。傭兵の俺の戦い方をそのままあんた達が取り込むことは不可能だと思うが、参考になる点はきっとあるはずだ。同じ敵を追う戦友として互いに尊重していければ良いと思っている。俺からの挨拶《あいさつ》は以上だ」

俺の挨拶が終わったタイミングでクルー達が拍手をしてくれる。うん、下手《へた》な挨拶にお情けありがとうよ。さぁて、それじゃ頑張っていきますかね。

「さて、何をするにもまずは基礎知識というものが必要になる。そこで、まずは宙賊という奴らがどのような奴らなのかを今一度確認したいと思う」

そう言って俺はホロディスプレイに予《あらかじ》め用意していた宙賊船のデータを表示した。

「宙賊は通常三隻から五隻ほどの船団を組んで活動していることが多い。単純に数は力だし、獲物の頭を抑えるためには頭数が必要だからだ。そして、奴らの装備している武装としては光学兵器、シーカーミサイルポッド、マルチタレットキャノンなどが多い。いずれもクラスⅠからクラスⅡに分類される低威力のものであることが多いが、無理矢理武器のハードポイントを増設していることが多く、総火力はバカにならない場合がある。複数で民間船の頭を抑えて取り囲み、増設した火力でシールドを飽和させて拿捕《だほ》する、というのが奴らの常套手段《じょうとうしゅだん》だな」

俺の説明に軍人の皆さんは頷《うなず》いた。これは別に専門的な知識というわけではなく、宙賊に関わったことのある船乗りなら大体知っていることだ。

「次に、奴らの船だが基本的には拿捕した民間船を改造して使っていることが多い。元が民間船なだけに機体性能はそれほどではないな。機体のカスタマイズ傾向としては武装やスラスターの増設に重きを置いていることが多く、シールド性能や装甲に関しては大分お粗末な場合が多い。何故《なぜ》かと言うと、奴らは速やかに仕事を終える必要があるからだ。時間をかければかけるだけ星系軍や俺のような傭兵が嗅《か》ぎつけてくる可能性が高くなる。だから速やかに民間船の頭を抑えてできるだけの火力を叩《たた》き込《こ》み、航行不能にして仕事をする必要があるわけだな。基本的に反撃してくる獲物、攻撃してくる敵との戦いは想定していないということだ」

軍人達は俺の説明に納得したような顔をした。彼らも恐らく宙賊と戦ったことがあるのだろう。そう、宙賊の船は脆《もろ》い。シールドも装甲も貧弱だから軍用クラスの強力な武装で攻撃すると簡単にシールドが飽和して装甲は融解し、爆発四散する。

「そういうわけで、宙賊は軍の存在を非常に恐れている。軍の気配のする場所には奴らは近寄らないし、軍の艦船が仕事場に現れると取るものも取りあえず逃げに入る。奴らも死にたくはないからな。実際、あんた達の船が襲撃現場に到着したら宙賊共は仕事の最中だろうとなんだろうとケツまくって逃げるはずだ」

「そうですね。反撃してくるようなことはまずありませんね。宙賊の基地を攻撃した時くらいでしょうか、向かってくるのは」

「そうだろうな。奴らは軍の気配に敏感だ。奴らの耳と目はコロニー内にも入り込んでいるから、この対宙賊独立艦隊の存在ももう奴らにバレて警戒されているだろうな。星系軍とは別のよくわからん軍の船が沢山入港してるぞ、気をつけろ、って具合に」

「それは……」

「どうにもならないと思うぞ。普通の商人や一般人として紛れ込んで、情報だけ流しているような連中だろうしな。これだけ大きな規模のコロニーなら数も多いだろうし、全員を残らず摘発するのは難しいんじゃないか？　まぁ、その辺りは俺の管轄外だよ。俺が狩り方を教えられるのは船に乗ってる宙賊だけだしな」

「そうですね……何か手を考えておきましょう」

「頑張ってくれ。では話を続けようか」

そう言って俺はターメーン星系の星系マップを表示した。

「これは少し前にセレナ少佐の指揮のもと、宙賊の基地を破壊して一掃したターメーン星系の星系マップだな。そのターメーン星系で星系軍が宙賊の基地を攻撃する前に宙賊と民間船が遭遇した案件の分布がこう、そして傭兵が宙賊を撃破した分布がこう、行方不明になったと思われる民間船や傭兵が航行していたと推測されるルートがこうだ」

星系マップにそれぞれの区分ごとにマークがつけられ、予想航路のラインが引かれる。やはり宙賊の基地があった地点を中心として遭遇、撃破マークが非常に多く見受けられる。

「そして宙賊の基地破壊後のデータがこうなる」

俺が手元の情報端末を操作すると、マップに表示されるマークの位置がガラリと大きく変わった。

「大きく変わったのがわかるな？　そして、それぞれのデータに星系軍が活動していたとされるポイントを打ち込むとこうなる」

軍人達からどよめきの声が上がる。撃破マークや遭遇マークは星系軍が活動していたポイントを避けるように分布しており、宙賊が星系軍の動向を把握し、避けていたということが丸わかりだからだ。

「他の傭兵は知らんが、俺はこういうデータを集めて宙賊が活動しているであろう地点を割り出して奴らを狩っている。本当は民間採掘船が持っている優良な採掘ポイントのデータが有ればもっと精度を上げられるんだが……と、まぁここまでが奴らを狩るための基礎知識というところだ。ここまではご理解いただけたかな？」

「ええ、興味深いですね。この講義に関しては記録もしていますので、先に進めていただいて結構です」

「了解。では、この基礎知識を基にどうすれば対宙賊独立艦隊が宙賊を狩ることができるのか？ということを考える必要が出てくる。まず俺から言えることは一つ、ちょっと皆さんにはショックな内容だと思うが……」

セレナ少佐に視線を向けて言《い》い淀《よど》むと、彼女はどうぞご自由に発言してください、とでもいうように頷いた。

「では、ストレートに言うけれども。宙賊狩りに巡洋艦以上の大きさの船は不適切だ。本気で宙賊どもを狩り尽くすつもりなら艦隊の編成を根本的に変える必要がある」

俺の言葉に軍人達が絶句した。それはそうだろう。この艦隊は巡洋艦を主軸として編成されている艦隊なのだ。具体的にはコルベット二隻、駆逐艦三隻、巡洋艦五隻、戦艦一隻でこの独立艦隊は編成されている。巡洋艦がこの艦隊の主力なのは火を見るよりも明らかだ。

「基本的に奴らの活動宙域は小惑星帯であることが多い。先程の分布図を使って交戦するとなるとほぼ間違いなく小惑星帯での戦闘となるわけだ。小惑星帯に巡洋艦や戦艦で突っ込んで戦闘機動を取れると思うか？」

軍人達が沈黙した。まぁ無理だろう。俺もシミュレーターでやってみたけど無理だった。ガッツンガッツン小惑星にあちこちぶつけてシールドが飽和、場合によっては身動きが取れなくなって宙賊にボコボコにされた。まさに無理ゲー。

「シミュレーターを触った限りでは駆逐艦までなら俺はなんとかギリギリ行けたけど、オススメはコルベットだな。艦隊の編成にまで口を出すのは俺の領分を超えているとは思うが、検討はして欲しいと思う」

「ええ、ご忠告痛み入りますわ。ですが、宙賊が小惑星帯に逃げ込んだとしても巡洋艦と戦艦の火力で薙《な》ぎ払《はら》ってしまえば良いのではないですか？」

セレナ少佐の質問の内容は予想していたので、俺は悩むことなく返答した。

「それは確かにそうですね。宙賊はそれで倒せるでしょう。ですが、民間の採掘船からは不満を持たれるでしょうね。資源を多く含有する小惑星帯は彼らの飯の種です。自分達を脅かす宙賊が居なくなっても、自分達の職場が軍にズタボロにされるんじゃ文句の一つも言いたくなるでしょう」

「なるほど……」

セレナ少佐が考え込んでしまったので、俺は軍人達に向き直って予め考えておいた腹案も出すことにする。

「編成を変えるべきだと言ったが、そう簡単にどうにかなるものではないだろうと思う。傭兵《ようへい》なら自分で好きに船も乗り換えられるし、武装の交換なんかもできるけどな。軍ではそうもいかないだろう。いきなり船を乗り換えろと言われても軍人さん達も困るだろうしな」

軍人達が無言のまま頷く。船乗りにとって自分の乗る船というものは第二の家、第二の故郷、そして最愛の相棒だ。そう簡単に乗り捨てられるものではない。

「そこで俺からご提案。セレナ少佐、貴女《あなた》は宙賊を狩り、帝国臣民を守るためならどんなことでもやる覚悟はありますか？」

「え、ええ、私にできることなら……？」

「その言葉が聞きたかった」

俺は満面の笑みを浮かべ、考えてきた作戦案を発表する。俺の提案にセレナ少佐と軍人達が目を剥《む》いた。

☆★☆

講義から数日。

準備の整った対宙賊独立艦隊はアレイン星系において初の宙賊掃討任務を行っていた。

「確認戦果、現時点で三十二隻です」

「ははは、入れ食いですなぁ」

「ええ、そうですね……」

対宙賊独立艦隊の旗艦である戦艦レスタリアスのブリッジで俺は実に爽快《そうかい》な気分で笑っていた。隣で掃討作戦を見守っているセレナ少佐の表情はとても微妙な感じになっているが、目的通りに宙賊を掃討できているのだから、もっと喜ぶべきだと思う。

「いやー、流石《さすが》は軍艦だ。射程と火力が違うね」

「あの……やはりこれは卑怯《ひきょう》なのでは……？」

「セレナ少佐は実績を挙げられてニッコリ、軍人の皆さんも軍功を稼げてニッコリ、俺もボーナスをもらえてニッコリ、帝国臣民の皆さんは宙賊が減ってニッコリ、誰《だれ》も損をしていないでしょう？」

「それはそうですが……」

物凄《ものすご》く微妙な表情をしているセレナ少佐と俺が視線を向ける先にはホロディスプレイに映しだされた中型輸送船の姿があった。積載されている積荷はそこそこの量のレアメタルにアレイン星系で生産されているハイテク医薬品などの高単価の交易品。宙賊どもにとっては垂涎《すいぜん》の品々だ。

画面に映っている中型輸送船は何かのトラブルで航行不能になっているらしく、しかも通信設備にも不調が出ているようで発している救難信号も非常に微弱なものだ。いや、この辺りは宙賊の出没地域だからな。もしかしたら宙賊を警戒してわざと出力を落としているのかもしれない。

ウン、キットソウダ。ソウニチガイナイ。

「作戦が上手《うま》くいって良かった良かった」

既に予想はついていると思うが、あの中型輸送船は囮《おとり》の船である。無論、あのような民間輸送船が帝国航宙軍のものであるはずがない。あの船は侯爵令嬢であるセレナ少佐が個人的に所有する船なのだ。

流石は侯爵令嬢だ。５００万エネルもする中型輸送船をＰＯＮと買ってくれたぜ。

「こんな騙し討《う》ちのような形で良いのでしょうか……」

「奴らは罪のない商人や採掘者、旅行者を襲う卑劣漢どもですから。こちらがどんな手を使っても文句を言われる筋合いなどないでしょう。そもそも、相手は他国の正規軍でもなんでもない賊ですから。どんな手を使ったとしても文句を言われることはないですし」

ついでに俺にボーナスが入るから卑怯でもなんでも良いんです。

今回、俺が提案した作戦は単純なものだ。巡洋艦を主力とした今の対宙賊独立艦隊では小惑星群に潜む宙賊を追い詰めて狩るのは難しい。

なら向こうからこっちに来てもらえば良いじゃない、という話だ。美味《おい》しい貨物を積んだカモをこちらで用意し、のこのこと釣られてきた宙賊を巡洋艦と戦艦の精密射撃で撃破してしまえばいい。

まず、コルベットと駆逐艦を釣り場の小惑星群に突入させて周辺の清掃をする。宙賊を撃破、或《ある》いは宙賊が近くに居ないことを確認したら巡洋艦と戦艦を小惑星群に紛れ込ませておく。いくらデカい巡洋艦や戦艦と言ってもジェネレーターを落としておけば小惑星群に紛れ込むことは容易《たやす》い。小惑星とは言ってもその大きさは様々で、戦艦並みの大きさの小惑星なんかもゴロゴロしてるからな。

そして最後に小惑星群から少し離れた場所にカモを用意し、微弱な救難信号を発信させる。それに釣られてきた宙賊を巡洋艦と戦艦の超火力で殲滅《せんめつ》する。

巡洋艦や戦艦といった超大型の軍用艦にはジェネレーターが稼働できない状況になってもある程度の戦闘能力や基本的な機能を維持するために電力を溜《た》めておく大容量のキャパシターがある。その電力を使って宙賊に存在を気取られずに致命的な一撃を加えられるというわけだ。

キャパシターの容量が低下してきたらカモの救難信号を止めてジェネレーターを稼働させ、電力を回復させる。充電が終わったら再びカモを使って宙賊をおびき寄せる。そして再び狩りを開始する、と。

一箇所で同じことを続けると警戒されるから、ある程度狩ったら別のポイントに移る。これを繰り返すわけだ。

今回の作戦で撃破された宙賊艦に懸けられている賞金の二割がボーナスとして俺に入ることになっている。現時点で三十二隻ということは、およそ六隻分の賞金が俺の懐に入ってくるというわけだ。経費もかからず、散っていく宙賊を優雅かつ安全に眺めているだけで金が入ってくるとか笑いが止まらないな！

ちなみに、あの囮船に乗っているのはセレナ少佐の部下である帝国軍人の皆さんである。万が一宙賊があの船に突入すると軍用パワーアーマーを装備したガチムチのお兄さん達が熱烈歓迎してくれるという段取りになっていたりする。

え？　撃破されないのかって？　それはないな。撃破すると積荷に被害が出るし、中型輸送船は拿捕《だほ》して改造すれば火力支援艦にもできる。航行不能に陥っているあの船を撃破するような宙賊はまずいないと考えていい。

最終的にこの日は合計五十七隻の宙賊が宇宙の藻屑《もくず》となった。俺の懐には賞金総額の二割が入ることになった。なんとその額、約10万エネル。

「いやぁ、儲《もう》かった儲かった」

「良かったですね……」

セレナ少佐が俺にジト目を向けてくる。彼女は私財であの囮船を買ったわけだが、当然ながら経費扱いにすることは却下されたそうだ。自前の船を作戦行動に投入して良いのか？　という点に関しては貴族パワーでどうにかしたらしい。貴族パワーすげぇな。

「戦果を挙げれば経費申請が通るかもしれませんよ？」

「そんな奇跡が起きたら良いですね」

セレナ少佐が溜息《ためいき》を吐く。いくら侯爵令嬢とは言え、５００万エネルの出費は手痛いものであったらしい。彼女の懐事情は俺にはわからないしあまり興味もないのでどうでも良いのだが。

「通常の宙賊狩りはこの方法を基本として、宙賊の本拠地の情報が手に入ったら正々堂々正面から殴り込みって形にすれば当面は宙賊狩りの実績を挙げられるんじゃないですかね。後は手を替え品を替えつつ宙賊との知恵比べですね」

「そうですね……ですが、まだ契約期間は半分以上残ってますから、付き合ってもらいますよ？」

「……アイアイマム」

宙賊退治の目処《めど》が立ったところであわよくば依頼完了ということにならないかと期待していたが、そうは問屋がおろさないらしい。

そうなると次はどうしたものか、と俺はセレナ少佐に敬礼をしながら考えを巡らせるのであった。

#7：剥《は》がれる化けの皮

帝国航宙軍は戦闘行動をした後、余裕があるなら必ずしっかりと整備を行うらしい。彼らの乗る軍艦は帝国臣民の血税によって建造され、皇帝から貸与されているものなので粗雑に扱うことは許されないのだ、ということであるらしい。

そういうわけで、一方的とは言え一応は戦闘を行った対宙賊独立艦隊も整備のために暫《しばら》く動けなくなる。そのタイミングで軍人さん達も陸《コロニー》に上がって休暇を取るわけだな。まぁ、俺には関係ない。今日は新しい戦術を考えるか、昨日《きのう》の作戦の反省会でもするのだろうとそう思っていた。

そう思っていたのだが。

「では、行きましょうか」

旗艦レスタリアスのブリッジに行くと、何故かそこには恐らくは私服なのであろうカジュアルな服装に身を包んだセレナ少佐がいた。それはもう花が咲いたかのような満面の笑みだ。他のクルーの姿は見当たらない。

セレナ少佐の今日の格好はメリハリのある身体《からだ》のラインがそのまま出るベージュのニットセーターに黒系のスカート、腰には剣帯のようなものと、それに差したちょっとサイバーっぽい雰囲気の漂う剣が一振り。なんだろうこの……ファンタジーカジュアルスタイル？

「どこに……？　というか何を企《たくら》んでいるんです？」

俺は思いっきり警戒した声と表情を隠さずセレナ少佐に問いかけた。さすがの俺もここで「おっけー！　美人さんとデートだひゃっほーい！」となるほどのお馬鹿さんではない。今までの経緯からしてセレナ少佐が何かを企んでいるのは一目瞭然《いちもくりようぜん》だ。

「いやですねぇ、企んでいるだなんてそんな……」

オホホ、とセレナ少佐がわざとらしく笑う。それを見て俺は携帯情報端末を操作した。

「何を？」

「いえ、なんでも。それで、どこに行くので？」

首を傾《かし》げて聞いてくるがそれは軽く受け流しておく。操作もほんの一瞬のことだったので、セレナ少佐もあまり気にならなかったのだろう。とりあえず話を続けることにしたようだった。

「今日は私、非番なのです」

「はぁ」

その格好を見ればそれは理解できるな。逆にその格好で軍務に就くというのもなかなか楽しそうだが。規律の欠片《かけら》も感じられなくなるし無理か。

「それで、街に食事にでも行こうかと」

「それはよろしいことですね」

「でも、一人で行くのは寂しいではないですか」

ははは、この寂しがり屋さんめ。

「ご友人でも誘われては？」

「この星系には残念ながら友人はいないのですよ」

いかにも困りました、とでも言わんばかりにセレナ少佐は片手を頬《ほお》に当てて意気消沈したような表情を作る。わざとらしい。

「左様ですか。では部下の方を誘われてはいかがでしょうか」

「非番の日にまで上官の顔を見なければならないのって心が休まらないと思うんです」

「尉官待遇の私にとってもセレナ少佐は上官なのですが？」

「それでも契約期間が終わればその上下関係もなくなるわけですし、他の部下に比べれば恐縮の度合いも小さいでしょう？　それに、貴方《あなた》は貴族相手にも物怖《ものお》じしない性格のようですし……」

ニコニコしながらセレナ少佐が間合いを詰めてくる。俺はそれに対してさり気なく距離を保ちながら時間を稼ぐことにする。

「見たところ今日は私の仕事もないようですし、私も非番ということでよろしいでしょうかね？」

「いえいえ、私は非番ですが貴方《あなた》は非番ではありませんよ。食事でもしながら対宙賊の戦術論や今までの宙賊討伐のお話などを聞かせていただきたいですね。仕事として」

「仕事としてですか……職権の濫用なのでは？」

「ふふ、この程度で職権濫用を咎《とが》められることはありませんのでご心配なく。貴方は対宙賊戦術のエキスパートとして帝国航宙軍に雇われているのですから、責務を果たしていただきませんと」

セレナ少佐が笑顔でそう言うが、完全にこれは獲物を狙《ねら》う捕食者の笑みである。圧力が凄《すご》い。どうにかこうにかして俺を自分の手の内に収めようって魂胆が見え見えなんだよなぁ。

さてどうしたものかと考えていたところで俺の携帯情報端末から着信音が鳴り響いた。俺はポケットから端末を取り出し、出て良いか視線でセレナ少佐に問いかける。彼女は仕方ないなという顔で了承してくれたので、遠慮なく通話に出ることにした。

「ヒロだ」

『状況は？』

先程端末を操作したのはこうしてエルマに通話をかけてもらうためにメッセージを送ったのである。セレナ少佐の相手は俺一人では手に余るからな。

「非番だそうだ。昼飯でもどうかと」

『断るのは難しいのね？　私達も同行して良いならってことで受けなさい』

「わかった」

通話を切る。こちらを見つめるセレナ少佐がジト目になっていた。

「うちのクルーも同行して良いなら」

「……女性とのデートに他の女性を同行させるというのはどうかと思いますが？」

「仕事で行くならそんな色気のある話じゃないでしょう。それに、うちのエルマは俺よりも傭兵《ようへい》歴の長いベテランですよ。食事がてら傭兵としての体験談を聞きたいというのなら最適な人材です」

仕事として話を聞きたいと言うのであれば、断ることはできまい。

「くっ……良いでしょう」

予想通り、渋々ながらもセレナ少佐は俺の提案に同意した。

☆★☆

「おはようございます、セレナ様。今日はカジュアルな装いで雰囲気がいつもと違って見えますね」

「ありがとうございます。エルマさんも素敵なお召し物ですよ。ミミさんはとても可愛《かわい》らしいです」

「あ、あの、きょ、恐縮です……セレナ様も素敵だと思います」

セレナ少佐とエルマが笑顔を交わしあい、ミミがセレナ少佐に服装を褒められて恐縮する。

今日のエルマは緑を基調とした民族衣装のような装いだ。ぶっちゃけて言うと物凄《ものすご》くエルフっぽい。ザ・エルフ。サイバーっぽさが欠片もない。最初にこの姿を見ていれば残念宇宙エルフなどというあだ名をつけることもなかっただろうというくらいエルフ。

どうして普段からそういう格好をしないんだお前は。船の中でも外でもいっつも傭兵スタイルで、くつろいでる時なんてラフなシャツとパンツだけじゃないか。普段からそういう格好を是非して欲しい。

そしてミミは前に二人で買いに行った服を着ている。色合いは地味ながらクラシカルな雰囲気の漂う上品な逸品だ。可愛らしいミミが着ていると良いところのお嬢様のように見える。そして服の構造上胸部装甲の凶悪さが普段よりも強調されている。

俺？　いつもの生地の厚いズボンにシャツ、ジャケットだよ。男のお洒落《しゃれ》なんてどうでもいいよね。俺は変じゃなければ良いって主義だから。うん。

「本来であればご婦人方をエスコートするのは俺の役目なのかもしれないが、残念ながらこのコロニーには不案内でね……ああ、申し訳ないが口調に関しては艦の外ということで普段通りのものにさせてもらうけれど、良いかな？」

「ええ、構いませんよ」

「ありがとう。どうにも丁寧な言葉遣いというのは肩が凝ってしまっていけない。それで、セレナ様にはアテがあるので？」

「ええ、なかなか評判の良いオーガニック料理の専門店があるそうです。足も手配してありますから、四番エレベーターから市街地に降りましょう」

「アイアイマム」

オーガニック料理ねぇ？　つまりフードカートリッジから加工したものではなく、本物の肉や野菜を使った料理ってことだろうか？　ちょっと気になるな。

「……♪」

ミミもワクワクを隠せないのか歩きながらニコニコしている。ミミは銀河中のグルメを食べ尽くすのが目標だものな。新しい料理との出会いはそれだけで嬉《うれ》しいものなのだろう。

軽く雑談を交わしながら目的のエレベーターに乗り込み、市街地へと降りる。

「ここは来たことのないエリアだな」

「前にお買い物に来たのは二番エレベーター付近でしたからね」

「二番エレベーター周辺は所謂《いわゆる》庶民的な繁華街ですね。こちらは官公庁や大企業のテナントが多い地域で、高級な食事処《どころ》や帝国有数のブランド店など、貴族や富豪御用達《ごようたし》の店が多いのが特徴です」

「歩いている人も身なりの良い人が多いわね」

「警備員の数も多いみたいだけどな」

ちゃんとした服装のエルマやミミ、腰に剣を差しているセレナ少佐はともかくとして、俺みたいないかにも傭兵ですって感じのが一人で歩いていたらガチムチの警備員さんにスタァァァップされそうな場所だ。

そんな俺もきちんとした身なりの三人の女性と一緒に歩いていれば護衛か何かのようにでも見えるのか、一度も呼び止められることなく目的の場所へと移動することができた。まぁ、移動自体セレナ少佐が用意していたタクシーのようなものに乗ってのものだったので呼び止められる隙もなかったんだけどね。

「ここの三階が目的地ですね」

「見た目は普通のビルにしか見えないな」

「居住スペースは貴重だからね。その分内装に凝っているのよ、こういうところは」

「な、なんだか緊張してきました」

「ふふ……緊張することはありませんよ、ただのレストランですから。個室を予約してありますから、マナーなども気にしなくて良いですしね」

「個室、ねぇ……」

ミミとエルマを誘わなかったらセレナ少佐と個室で二人きりになっていたわけか。一体どんな手段で俺を籠絡《ろうらく》するつもりだったのやら。

「さぁ、丁度良い時間ですし入りましょう」

笑顔のセレナ少佐に誘われ、俺達はビルの中へと足を踏み入れるのだった。

☆★☆

「あいつらときたらどいつもこいつもおんなだからってあなどって……わたしらってがんばってるんですよ？」

「あ、うん、そうっすね。はい」

レストランに入っておよそ三十分後。俺達の思いは一つになっていた。

(((この人仕事以外は残念なタイプの人だ……！)))

最初は良かった。本物の野菜や肉を使った料理に舌鼓を打ち、上品なワインなんかを頂いて優雅に食事をしていた。俺は下戸《げこ》だから水にしたけど。

しかし、食事が進むとセレナ少佐の酒量が増え始めた。すぐに目はとろんとし始めて、呂律《ろれつ》が怪しくなってきた。セレナ様、そのあたりで……と俺達は止めたが、非番なんだからお酒くらい飲みますよ、飲みますとも、とアルコール摂取はどんどん加速した。

「さげたくもないあたまもさげてぇ、むりやりえがおをつくってぇ……なのに、なんらっていうんれすか！　すぐにむねばっかりみてくるし！　ぶったぎりますよ！」

KONOZAMAだよ！

マナーを気にしなくても良いって言ってたけど、それどっちかというと俺達じゃなくてセレナ様自身のためですね？

「Ｏｈ……落ち着いて落ち着いて、剣はぽいしましょうねー」

剣の鞘《さや》を持って腕を突き上げるセレナ様をなんとか宥《なだ》め、剣を取り上げて少し離れたところに立てかけておく。酔っ払って刃傷沙汰《にんじょうざた》とかは勘弁していただきたい。

「あなたもあなたですよ！　わたしがこんなにさそってるっていうのになんでちっともなびかないんですか！」

「聞きたいです？」

「ききたくありません……」

真顔で言ったらセレナ少佐が泣きそうな顔をしながら両耳を塞《ふさ》いだ。

「じぶんれもわかってるんれすよぉ……むちゃなかんゆうをしてるってことはぁ……」

「自覚はあるのね……」

ぐったりとテーブルに突っ伏すセレナ少佐を見ながらエルマが苦笑いを浮かべる。正直セレナ少佐の誘いに乗って帝国航宙軍に入るメリットはあまりにも薄いんだよなぁ。

「ええと、もし俺が帝国航宙軍に入る場合は一等准尉からって話だったっけ」

「そうれす。はいってくれるんれすか？」

「給料いくら？」

「……月に４０００エネルくらい」

「俺、場合によっては一日で10万エネル稼ぐんだけど、入ると思う？」

「……うぅ」

涙目になられても困る。

いや、俺にまったくメリットがないとは言わないけどね？　順調に戦功なりなんなりを挙げていけば最終的には帝国騎士の位を頂いて一等市民に成り上がり、俺の目標である惑星上居住地に庭付き一戸建てを得る機会も生まれるだろうし。

ただ、その方法ではあまりに時間がかかりすぎる。何か物凄い事件が起きて、俺が大活躍をすればどうなるかわからないが、普通にキャリアを積み上げていくなら目的を達するには十数年の時間がかかるはずだ。クリシュナだってどうなるかわかったものじゃないし、そんなに時間の掛かる方法は取りたくない。

「まぁそういうわけで、俺を軍に勧誘するのは諦《あきら》めてくれると嬉しい。折角こうして知り合って、一緒に食事もした仲だから、ちゃんと報酬さえ用意してくれれば仕事は請けないこともないから」

「……わたしのことをみすてませんか？」

「涙目で言わんでください。あざといですよ。そもそもそういう関係じゃないでしょうが」

最大限の冷たい視線を向けてやると、セレナ少佐は涙目を引っ込めて面白くなさそうに唇を尖《とが》らせた。なんて女だ、まったく。

「今のに釣られてたらぶん殴ってたところだったわ」

「いくらなんでも俺を侮りすぎと違うか？」

「ヒ、ヒロ様は優しいですから」

ミミが俺の腕に手をかけて宥めてくる。ちっ、ここはミミに免じて流してやるが覚えてろよこのやろう。

「……ずるい」

テーブルに身を預けたまま、セレナ少佐がそんなことを言い始める。ずるいって何が？

「ずるいずるいー！　ヒロにめをつけたのはわたしがさいしょだったのにー！」

「えぇ……」

しまいには椅子に座ったまま地団駄を踏んでうわーんと泣き始めた。さすがの俺もこれにはドン引きである。

「どういうこと？」

「どういうことですか？」

エルマとミミが困惑の表情を向けてくる。

「いや、ターメーンプライムコロニーに初めて寄港した時にな、港湾管理局の役人に絡まれたんだよ。その時にセレナ少佐に助けてもらったんだ」

「そーですよ、わたしがたすけたんですよ。わたしのほうがヒロとさきにであってたんですよ……なのになんでちょっとめをはなしたらほかのおんなのことくっついてるんですか⁉」

「なんであんたにそんなことを言われなきゃならんのだ……？」

俺、困惑。

「別にヒロがどんな女とくっついてもセレナ様には関係ないでしょう？」

「うぐっ……そーですけどー……そーなんですけどー……！」

そうなんですけど？　と先の言葉を待っていたらセレナ少佐は酒をぐいっと呷《あお》り、その先の言葉を酒と一緒に飲み下してしまった。おいおい、ただでさえべろんべろんなのにそれ以上飲むのはまずいんじゃないか。

「うぅ……」

セレナ少佐は半べそをかいたまま寝てしまった。俺とエルマとミミの三人は互いに顔を見合わせる。

「どうすればいいんだ、これは」

「いっそぺろりと平らげちゃったら？」

「そんな恐ろしいことができるか。相手は侯爵令嬢だぞ」

「親御さんに知れたらただではすみませんよね」

そんな話をしていると、注文用に用意されていたタブレットからコール音が鳴り響いた。とりあえず俺が出ることにする。

「はい」

『そろそろ刻限となりますが、お部屋の利用時間を延長なさいますか？』

「えーと……」

セレナ少佐は完全に沈没している。エルマに視線を向けると、首を振った。

「部屋代が結構高いのよ、こういうお店は。延長となると吹っかけられるわよ」

ぼそぼそと小声でそう言う。ミミはセレナ少佐を介抱し始めたようだった。セレナ少佐はあの様子だとエルマが肩を貸したとしても歩けまい。俺が背負うしかないか。

「延長はなしで。お会計お願いします」

『承知いたしました。ロビーでお待ちしております』

通信が切れる。俺は盛大に溜息《ためいき》を吐《つ》いた。

☆★☆

四人分の食事代としてはあまりにも高い金額を支払った俺達はとりあえずクリシュナに戻ることにした。こんなにべろんべろんな状態のセレナ少佐を軍に預けたりしたら彼女の立場がなくなってしまうだろう。流石に俺達もそこまで鬼ではない。

「やれやれ……」

医務室の簡易医療ポッドにセレナ少佐を放り込み、後をミミとエルマに任せる。流石に服を着たままでは簡易医療ポッドの恩恵を受けることはできないので、上着とスカートを脱がして下着姿にしなければならない。それを俺がやるわけにはいかないし、嫁入り前のご令嬢の下着姿を俺が見るわけにもいかない。

食堂に腰を落ち着けた俺は冷蔵庫から炭酸抜きコーラを取り出してボトルの蓋《ふた》を開け、ぐいっと呷った。うーん、五臓六腑《ごぞうろっぷ》に染み渡る。

さて、それにしてもどうしたものか。セレナ少佐の発言の内容について考える。私が先に目をつけていただの、他の女の子とくっついているだのというくだりだ。

酔っぱらいのたわごとだな、うん。正気で言い放った言葉じゃないだろうし、気にするだけ無駄だ。相手は酔っ払いながらも涙さえ武器にしてきた強《したた》かな女だ。考慮には値しない。

そう結論付けると頭の中がスッキリした。炭酸抜きコーラの糖分が頭に行き渡ったのかね。

いずれにせよ、今回の件に関してはあまり追及せず、何事もなかったかのように振る舞うのが良いだろう。変に恩に着せるのも怖い。食事代もまぁ高かったが……別に目くじらを立てるような金額でもない。賞金付きの宙賊艦を一隻爆散させればお釣りが来る程度だ。

ただ、向こうとしてはやりにくくなっただろう。あれだけの醜態を見せてなお今までどおりの勧誘攻勢を仕掛けてくるわけには行くまい。そう考えればあの程度の出費は安いものだ。

とはいえ、自分のセッティングした会食であんな醜態を晒《さら》すものか？　実は酒を呑《の》むのは初めてだったとかそういうオチでもなければあそこまでへべれけになるというのは不自然だと思うんだが……ううむ、わからん。やはり仕事のこと以外ではぽんこつなのか？

セレナ少佐の意図について考えあぐねていると、ミミが食堂に現れた。

「セレナ様が目を覚ましました」

「マジ？　早くない？」

「簡易医療ポッドでお酒を抜いたみたいです」

「簡易医療ポッドすげぇな」

流石《さすが》は未来の医療マシンということだろうか？　簡易医療ポッドがあれば酔いを気にせず酒が飲み放題なんじゃないか？　そういえば、エルマは結構医務室の使用頻度が高いんだよな……まさかそういうことか。

「俺があっちに行ったほうが良い感じ？」

「エルマさんとちょっと話をしているみたいなのでここで待っていたほうが良いと思います」

「そっか、ならそうしよう。ミミも何か飲むか？」

「大丈夫です」

そう言ってミミは俺の隣に座った。なんとなく間が保《も》たない感じがする。こっちから話題を振るか。

「オーガニック料理、美味《うま》かったな」

「そうですね……私、新鮮な野菜や果物というものを初めて食べました。ヒロ様は食べ慣れている感じでしたね？」

「そうだな、元の世界だと普通に食ってたものだし。逆にフードカートリッジとか自動調理器なんてなかったから、俺としてはこっちのほうが新鮮だ」

そう言って俺は食堂の一角を占める高性能自動調理器テツジン・フィフスに視線を向ける。正直あんなクレソンと藻とオキアミみたいなものから多彩で美味《おい》しい料理を作れるほうがよっぽど凄《すご》いと思う。

「でも俺の知ってるオーガニック料理とこっちの世界のオーガニック料理が一緒かどうかはわからん」

「ソル星系の第三惑星でしたっけ。何か違うんですか？」

首を傾げながらミミが聞いてくる。

ミミにも俺の事情についてある程度は説明したのだが、俺の出自に何の疑問も抱いていなかったミミには事情を事細かに説明するのが難しかったので、結局俺は遥か彼方にあるソル星系第三惑星の出身で、ハイパードライブの事故で船ごと遠くに飛ばされてきてしまったのだと説明していた。

「あー、そうそう。俺の故郷でオーガニック料理って言われてるのは、農薬や化学肥料なんかを一切使わないで作った野菜を使った料理のことだったんだよな。あの店で使われてた野菜もそうなのかどうかはわからんし」

「へー……効率が悪そうな製法ですね？」

「そのほうが身体《からだ》に良いし味も良いと思われてたのさ。実際はどうか知らんけど。所謂《いわゆる》高級食材を使った高級料理ってやつだから、俺はあんまり食ったことがないんだ」

そもそも、普通の食材とオーガニック食材をまったく同じように調理してその違いを判別できるような上等な舌を俺は持ってないからな。コーラとジャンクフードが大好きだったし。そういう意味でもフードカートリッジで作る食品は俺と相性がいいんだよな。

「ミミはどの料理が美味しかった？」

「私はシーフードサラダが美味しかったと思います。シャキシャキのお野菜と、プリプリのエビとイカ、それにドレッシングが合っていて……！」

ミミが両手を合わせて目をキラキラさせる。食べ物のことを話している時のミミはとても楽しそうな顔をする。

「シーフードサラダくらいなら俺でも作れるかな。材料さえ揃《そろ》えば」

頭の中で材料を思い浮かべる。野菜とシーフードミックス、あとはドレッシングを作るための酢や油、塩に香辛料が手に入るかどうかが問題だが。

「本当ですか!?」

ミミが目をキラキラさせて詰め寄ってくる。どうどう。落ち着け落ち着け。

「材料が揃えばな。これでも向こうじゃ一人暮らしだったから、多少は料理ができるんだ。ただ、こっちだと材料がなぁ……あとキッチンがない。そう言えば前にガジェットショップで調理器具一式を見たっけ」

あの時は使いそうもないからスルーしたが、買っておけばよかったか。

「今度買いに行きましょう！　売ってるところを調べておきます！」

「お、おう」

目をキラキラさせたままミミが俺の両手を握ってくる。サラダは今までもテツジンが作ってくれていただろうに、今日のシーフードサラダの何が彼女の琴線に触れたのだろうか。俺が作ったものでがっかりしなければいいが。

いつ買い物に行くかを話し合っていると、食堂の扉が開いた。視線を向けると、エルマとセレナ少佐が入ってきたところだった。セレナ少佐は衣服の乱れなどもなく、顔色も問題なし。酒は完全に抜けているようだった。

「お待たせ、お姫様が目覚めたわよ」

「王子様のキスは必要なかったみたいだな」

「あら？　したかった？」

「王子様ってガラじゃないからな、俺は」

エルマの笑みに肩を竦《すく》めて答える。セレナ少佐は両手で顔を覆って震えていた。耳が真《ま》っ赤《か》である。よほど恥ずかしいらしい。

「人の上に立つ人は大変だよな。まぁ、たまにはストレス解消も良かったんじゃないか？」

「この度は、本当に申し訳なく」

「気にしないでくれ、オーガニック料理も美味かったしな。ああいうところは案内がないとなかなか入れない。もし、申し訳なく思ってるならああいう店を他にいくつか紹介してくれると助かるな」

今回の件については他にああいう高級な食事処を紹介してくれればなかったことにする。暗にそう言って貸し借りなしということにしておく。あまり貸しを作りすぎるのも怖い。

「わ、わかりました。後ほど紹介状を送ります」

「そりゃ助かる。艦までエスコートしようか？」

「い、いや、結構。その……」

「色々大変なのは察した。聞かなかったことにするよ。俺達は美味しい料理を食べて楽しく酒を飲んだ、それで良いだろ」

「お心遣い痛み入ります」

セレナ少佐は赤い顔のままクリシュナから去っていった。その後姿を三人で見送る。

「……女性軍人っていうのも大変なんですね」

その後姿を見ながらミミがポツリと呟《つぶや》いたのが印象的だった。

☆★☆

その後の宙賊掃討も滞りなく……とは行かなかった。

「釣れませんね」

「想定内っすね」

一週間ほどで宙賊が釣れなくなったのである。まぁ宙賊もおバカではないということだな。釣れた宙賊は一隻も逃さずに殲滅《せんめつ》しているが、落とすまでに通信を一切させないというのも難しいものだ。恐らく何らかの方法で手口がバレたのだろう。

「さて、どうするか。例の対策します？」

例の対策というのは、船のＩＤと船名を変えるという姑息《こそく》な手段である。本来、船に個別に登録されているＩＤはそう簡単に変えられるものではないが、セレナ少佐は体制側の貴族である。その辺りの処理はお手の物だ。後は適当に外装やペイントを変えてやれば宙賊に対する疑似餌として再び機能するようになるだろう。

セレナ少佐の挙げている戦果はすでに帝国航宙軍の上層部でも評価され始めているようで、囮《おとり》用船舶の購入費についても経費として認められそうな流れであるらしい。場合によっては今使っている船とは別に囮用の船を用意できるかもしれないとのことだ。

輸送艦に関しては囮に使っていない時には補給艦や兵員輸送艦としても使えないこともないので、そういう意味でも完全に無駄にはならないだろうということらしい。

「それも良いですが、そろそろ元を断っても良い頃《ころ》ではないですか？」

俺の提案にセレナ少佐が首を傾《かし》げる。

「確かに今まで撃破した数を考えるとそろそろ奴らの手駒も打ち止めですかね」

囮を使った宙賊掃討作戦で撃破した宙賊艦の数は既に二〇〇隻を超えている。ゲームであればあいうザコ敵というものは無限にいくらでも湧《わ》いてくるものであるが、これは現実である。失われた船はスクリプトに従って自動生成されるわけではなく、命を失った宙賊が生き返るわけでもない。一つの恒星系に存在する宙賊の数は有限だ。

だが、銀河全体で見れば奴らの数は無尽蔵である。一時数を減らしても、拠点があれば周辺の恒星系から少しずつ集まり、その数を増やしていずれ息を吹き返す。

拠点を潰《つぶ》しても完全に撲滅することは難しいが、さりとて補給や整備を行う拠点を失えば満足に活動することはままならなくなる。確実にその数は少なくなるし、組織だった襲撃は難しくなる。

「では、潰しましょう」

奴らの拠点の場所については今までに撃破した宙賊のデータキャッシュから確度の高い情報を得ている。セレナ少佐は宙賊の基地を撃滅することを選んだようだ。

「手筈《てはず》はどうします？　また籠《かご》を作りますか？」

「包囲殲滅は基本ですね。傭兵《ようへい》ギルドにも討伐協力を要請しましょう」

ここで自分達だけでやると言わない辺り、セレナ少佐は優れた軍人だと思う。自分だけの手柄に拘《こだわ》らずに確実性を取れるという点で。

「俺はどうします？」

「無論、参加してもらいます。条件は他の傭兵と同じにさせていただきますが」

「条件次第ですね」

それに即答はせず肩を竦める。

「しっかりしていますね」

セレナ少佐が苦笑いを浮かべる。契約外の勤務となれば別途報酬をいただくのは当たり前ですから、ええ。俺達傭兵《ようへい》は慈善事業家ではないので。

「もし私達だけで宙賊の拠点を殲滅するとなると、どの程度の戦力が必要ですか？」

「殲滅となると、今の戦力に加えて前衛としてコルベットが最低三〇隻、盤石にするなら五〇隻は欲しいですね」

単に宙賊の基地を破壊するだけならこの艦隊だけでも十分だ。基地と言っても所詮《しょせん》ちょっとした補給基地、前哨《ぜんしょう》基地だから、戦艦一隻に巡洋艦が五隻もいるこの独立艦隊だけでも火力は足りる。敵基地の防衛設備の射程外から一方的に基地を叩《たた》けるだろう。

だが、殲滅となると話は変わってくる。基地を襲撃された宙賊はありったけの物資を船に積み込んで四方八方に散って逃げる。それを防ぐには奴らを足止めする多数の前衛部隊を突入させる必要がある。セレナ少佐の率いる今の対宙賊独立艦隊だけでは手が足りない。万全を期すなら俺が言っただけの数の前衛を務めるコルベットが必要になるだろう。

三〇隻から五〇隻のコルベットというのはちょっとした戦力だ。足が非常に速く、それでいてそこその打撃力を有するコルベットという艦種は偵察力と即応性、至近距離での格闘能力に関しては他の艦種の追随を許さない。

帝国航宙軍の上層部でも長射程・重装甲・高火力を有する戦艦や巡洋艦の増産を推す大艦巨砲主義者と、コルベットや駆逐艦の機動性・即応性・高制圧力を推す早期展開・電撃戦至上主義者が鎬《しのぎ》を削《けず》っているとかなんとか。

「それだけの数のコルベットを私の部隊に配備するのは非常に難しいですね」

「でしょうね。足りない分は外注すれば良いでしょう。これまで通りに。そのために傭兵ギルドがあるわけですから」

「そうですね」

そう言いつつ、セレナ少佐はその細い顎《あご》に手を当てて何かを考えているようだった。恐らく、どうにか対宙賊独立艦隊の増員ができないかどうかを考えているのだろう。そこは彼女の軍人としての領分だ。俺に助言できることはない。

「データは揃っています。軍の司令部に作戦の実行許可を上奏しましょう」

#8：宙賊掃討作戦再び

　セレナ少佐の上奏から二日後、作戦は実行に移されることになった。今回の作戦には星系軍は参加しない。セレナ少佐率いる対宙賊独立艦隊は昨日《きのう》のうちに整備を済ませ、別の恒星系に移動したと見せかけてアレイン星系内に潜伏中である。

　今回のテーマは奇襲だ。宙賊どもに情報が漏れる前に素早く戦力を展開し、不意を衝《つ》いて一気に宙賊どもを殲滅する。ブリーフィングは予《あらかじ》め録画しておいたホロ動画によって行われ、アレインテルティウスコロニーの傭兵達はブリーフィング後に即座に襲撃地点へと急行することになっている。

　作戦決行時間丁度に各艦は超光速ドライブ状態を解除し、一斉に攻撃を開始する予定だ。

「ヒロ、そろそろ時間よ」

「はいよ。ミミ、準備は？」

「いつでも大丈夫です！」

　俺達はクリシュナのコックピットで作戦決行時間に備えていた。周りには同業の船が沢山いる。彼らと超光速ドライブを同期して作戦領域へと向かう予定である。ジェネレーター出力を待機モードから巡航モードへと切り替え、超光速ドライブを待機状態にする。

「久々の実戦になるわね。腕は鈍ってない？」

「多分な。そっちこそ大丈夫か？」

「ジェネレーターの出力調整とサブシステムの制御くらいお手の物よ。私を誰《だれ》だと思ってるの？」

エルマが挑発的な笑みを浮かべてみせる。これは大丈夫そうだな。俺もシミュレーターでクリシュナを動かすこと自体はやっていたから問題はないと思う。多少感が鈍っているかもしれないが、戦っているうちに戻るだろう。

「超光速ドライブ、チャージ開始しました。起動まで5、4、3、2、1……超光速ドライブ起動」

ズドォン、という爆発音のような音と共にクリシュナが一瞬で光を超えて走り出す。基本的に真空に近いと言われる宇宙空間で何故《なぜ》このような音が鳴るのか？ 調べてみたがさっぱりわからなかった。

いや、調べても情報が出てこなかったわけではない。情報は出てきたがさっぱり理解ができなかったということだ。なんでも超光速ドライブ時にシールドと船の構造材とその質量が干渉してなんたらかんたらと書いてあったが、俺にはチンプンカンプンである。超光速ドライブの仕組みについても見てみたがやはり俺には理解不能であった。

まぁ、いいんだよ、そういうのは、うん。別に仕組みや構造を知らなくたってスマホもパソコンも電子レンジもテレビも使えていたんだから。仕組みを知らなくったって船くらい動かせる。

「今回はどれだけ稼げるかしらね？」

「さてな。固定給は作戦終了時の5万エネル、成果給は小型艦一隻5000エネル、中型艦一隻2万エネル、大型艦一隻10万エネル」

「この前と同じですよね？」

「まぁ相場ね。それに加えて賞金と撃破した艦の積荷って感じで。軍主導の大規模討伐はいつもそんな感じよ。腕があれば確実にいつもより稼げるから、傭兵はこぞって参加するわね。巣を突《つっ》かれて慌てて飛び出してくる宙賊の船は物資もたんまり持ってるし」

そのままにしておいても軍の船に基地ごと吹っ飛ばされるので、宙賊艦は戦利品の類を積めるだけ積んで基地から飛び出してくる。戦闘時の機動性などを考えれば余計な荷物は少ないほうが良いのだが、どうせ宙賊側に勝ち目はない。ならばと一縷《いちる》の望みに賭《か》けて物資を満載して出てくるのである。逃げ切れさえすれば積荷を売ってとりあえず当面の資金を得られるからな。

「さーて、暴れるかね……セレナ少佐は上手《うま》くやるかな？」

「上手くやるでしょ。あの人、軍人としては優秀だし」

「あはは……」

エルマの物言いにミミが苦笑いを漏らす。うん、先日のやらかしはまだ記憶に新しいものな。

「そろそろ目標のポイントに到達します。超光速ドライブ終了まで5、4、3、2、1……」

再びドォン、と爆発音のような音が響き、流星のように後方に流れ去っていた星々が停止する。通常空間に戻ったのだ。

程なくして対宙賊独立艦隊による艦砲射撃が開始された。戦艦と巡洋艦から放たれた大口径のレーザー砲やプラズマキャノン、磁力投射兵器による無慈悲な砲撃が宙賊の根城らしき小惑星に突き刺さり、その表面と内部構造物を破壊していく。

「派手にやるなぁ」

「展開している宙賊艦が殆《ほとん》どいないわね。完全に奇襲が決まってるわ」

「俺達の獲物、出てくるかね？」

もしかしたら宙賊艦が展開する前に砲撃で片付いてしまうかもしれない。それはマズい。折角の稼ぎどころだというのに。

クリシュナのジェネレーター出力を戦闘モードに引き上げ、宙賊の基地へ向かって加速し始める。他の傭兵達も宙賊基地へと急行しているようだ。

「レーダーに反応多数、宙賊艦が展開を開始しました！」

「そいつは重畳。これでボウズってことにはならないな」

「ウェポンシステムをオンラインにするわ」

エルマの宣言と同時にクリシュナの前方部分が変形し、重レーザー砲を備えた武器腕が四本展開される。同時に、コックピットの左右から太い砲身が前に向かって伸びた。絶大な威力を誇る大型の散弾砲だ。

「よっしゃ、行くぞ！」

雄叫《おたけ》びを上げて俺とクリシュナは戦場へと身を躍らせた。

☆★☆

「一〇時方向、俯角《ふかく》一八〇、敵艦三！」

ミミのアナウンスに従って敵機をロックし、船首の方向と速度をチェックする。向かってきてるな。

「交差後反転、ケツを取る」

船首を敵機に向け、急加速して擦れ違う。レーザーとマルチキャノンを撃ち込まれたが、被弾は最小限だ。

「Ｇに備えろ！」

クリシュナの姿勢制御ブースターを噴かして艦の方向を一八〇度回転させ、一気に加速して敵艦の後方を取る。回転と急加速でクリシュナの慣性制御機構でも抑えきれないほどの強烈なＧが襲いかかってくるが、これは歯を食いしばって耐える。

「敵機正面！」

「全部持ってけ」

完全に後ろを取った。散開して逃げようとする敵機のうち左右の二機に重レーザー砲の連射を浴びせ、正面の敵艦に散弾砲の照準を合わせる。必死に逃れようとしているようだが、宙賊艦如《ごと》きの運動性と加速性能でクリシュナを振り切ることは不可能だ。

「これで三つ」

コックピットの両脇に備えられた砲身が火を噴き、無数の弾丸が後方から宙賊艦に襲いかかった。弾丸は一瞬で敵のシールドを飽和させ、無防備なスラスターを、その先にあるエネルギ伝導管を、そしてメインジェネレーターを食い破る。一瞬でスイスチーズの出来上がりだ。

爆散する三隻の宙賊艦を追い越して次の目標を探す。

「キレは落ちてないみたいね？」

「どうかな」

「三時方向、仰角二〇に敵艦多数、六……いや七です。中型艦が二隻います」

「突っ込む？」

「勿論《もちろん》。チャフとフレアのタイミングは任せる」

「了解」

スラスターを噴かして敵集団へと船首を向ける。

『敵接近……なんだありゃ？　腕付き？』

『腕付き……？　おい、画像回せ——この前の化け物じゃねぇか！　あいつはやべぇ！　逃げろ逃げろ！』

『逃げるっつったってどこに逃げるってんだよ⁉』

『あんなもんやられる前にやっちまえばいいんだ！』

敵艦が六隻、一斉に船首を向けてこちらに向かってくる。中型艦二隻はミサイル支援艦に改造された輸送船のようだな。

「まずは中型から落とす」

「はいっ！」

「ええ」

『撃て撃て撃てぇ！　ありったけぶちこめ！』

コックピット内に警告音が鳴り響く。熱源探知式のシーカーミサイルだ。誘導性能も高く、対シールドにも対装甲にも大きな攻撃力を発揮する。宙賊の使う武器として最も強力な部類のものだ。

「フレア展開」

エルマの宣言と同時にクリシュナから複数の熱源が発射される。二隻の改造中型艦から発射された大量のシーカーミサイルは囮《おとり》の熱源に殺到し、目標を見失う。その隙に、クリシュナはシーカーミサイル弾幕を抜けていた。するりと。

『第二射……！』

『近接防御！』

『止めろ！』

「間に合うものか」

既にこちらの射程内だ。改造中型艦がミサイルベイを開放するが、もう遅い。二門の散弾砲から連続で発射された無数の弾丸が中型艦のシールドを飽和させ、装甲に、船体に、そして開放されたミサイルベイに着弾した。

『うわあぁぁぁぁぁぁっ⁉』

二隻の中型艦が文字通り爆発四散する。その光景に後ろで控えていた宙賊艦が竦《すく》んだ。そのように見えた。

『や、やべぇ……』

『逃げっ――』

「逃がすわけないわよねぇ」

「勿論。宙賊は皆殺しだ」

慌てて逃げ出そうとする宙賊艦に重レーザー砲の連射を浴びせ、追いかけ回して散弾砲を撃ち込む。戦意のない敵を虐殺して楽しいのかって？　楽しいね！　宇宙のゴミクズが消える上に金まで稼げる。こんなに楽しいことはない。正義や大義というものはいつだって甘美なものだ。

『たっ、助けっ――』

「嫌です」

正義というのもたまにはラベルの裏側を見てみないととんでもないことになったりするけど、まぁ宙賊どもに関しては心配要らない。こいつらは確実にこの世に存在しても百害あって一利なしなので。

「エリアクリア。次の最寄りは一〇時方向です」

「向かおう」

「ええ」

俺達は頷《うなず》き合い、クリシュナを次の戦場へと走らせた。

☆★☆

「戦況は」

「奇襲攻撃が効いたようです。反撃の規模は大きくありません」

「そう。各艦にはこの調子で冷静に任務をこなすよう通達を」

「ハッ！」

戦況は圧倒的にこちらが優勢だ。初撃で宙賊基地のハンガーを叩《たた》けたのが大きかった。出港前に叩いてしまえばどんなに強力な船も木偶《でく》でしかない。

潰《つぶ》せたのは一番大きいハンガーだけだったので、その他のハンガーからは宙賊どもが出撃しているようだが……傭兵《ようへい》達はよく戦ってくれているようだ。宙域から離脱しようとする宙賊艦も上手《うま》いこと封じ込めに成功している。

通常、一つの星系に存在する星系軍は一系統だけだ。哨戒《しょうかい》任務を帯びた帝国航宙軍が寄港したりすることはあるが、そういった部隊は行き掛けの駄賃とばかりに見かけた宙賊を撃破することはあるものの、宙賊を狙《ねら》って専門に軍事行動を行う部隊は長い帝国史上でも私達が初めてなのだ。

帝国軍が本気で宙賊を狙ってくるわけがない――そんな今までの常識を覆し、心理的な隙を突《つ》くことができた結果がこれだ。従来の星系軍の指揮系統から独立しているために宙賊に情報が漏れず、完全に不意を打つことができた。

「賞金額の伸びは……」

手元のホロディスプレイを操作して今回の作戦に参加している傭兵達の撃墜スコアを確認する。一位は――クリシュナ。彼の船だ。それを確認した私の口がにんまりと緩むのを自覚する。任務中に浮ついた気分でいるのは良くない。私は片手で口元を隠してにやつく表情をなんとか元に戻した。ニヤついている場合ではない。不意のアクシデントに備えておかなくては。

☆★☆

「これで終わり、っと」

「エリアクリア、もう近くに反応は……ありませんね」

まだここから離れた宙域では戦闘が継続されているようだが、近辺にはもう敵機の反応がないらしい。俺もレーダーの反応をチェックしてみるが、確かにそれっぽい反応はかなり遠いようである。

「何隻《や》殺った？」

「撃墜スコアは小型艦が三十三隻、中型艦が三隻ね」

「ターメーン星系ほどには稼げなかったか」

確かターメーン星系での討伐の時はもっと狩れてた筈《はず》だ。腕が鈍ったか？

「絶対数が少なかったから仕方がないわよ。それを考えると驚異的な戦果だと思うけど」

確かに、敵影が少し薄かったな。先制攻撃が効きすぎたか。

「それもそうか。ええと、小型艦一隻で５０００、中型艦一隻で2万だっけ。そうなると討伐報酬だけで20万と５０００エネルか」

「それに作戦参加でプラス５万、それと賞金は別にカウントされるわね」

「小型艦一隻辺り１万弱、中型艦一隻辺り５万前後が相場だよな。参加報酬含めてプラス50万くらいか？」

「そんなところね。合計で約70万くらいかしらね？　それに積荷の略奪分ってところ」

「こりゃ略奪に精を出さなきゃならんね」

周辺宙域に敵影はないので、早速敵機の残骸《ざんがい》漁りを始めることにする。狙《ねら》い目は嵩張《かさば》らず、価値の高いレアメタルやハイテク製品、酒やドラッグなどの嗜好品《しこう》だな。勿論ドラッグはイリーガルな品が多いが、こういう軍公認の討伐で手に入れた分については軍で買い取ってくれるのでそれなりに実入りが良いんだ。何に使ってるかは知らんけど。

帝国政府としても売れないからって違法な薬物をスペースデブリとして漂ったままにされるのは困るのかもしれんね。俺達が回収しなかったらイリーガルなドラッグのコンテナはこの宙域に漂い続けるわけだし。そうなるとそのコンテナを狙って悪質なスカベンジャー――廃品回収業者が出没しかねない。

彼らは戦場跡などに現れては俺達傭兵《ようへい》や軍の取り零《こぼ》した様々な物資やジャンク品を回収して回るゴミ処理業者のようなものだ。彼らがスカベンジャー――つまり腐肉漁りだなんて呼ばれている理由は単純で、自分達は一切手を汚さずに俺達傭兵や軍人が命がけで戦った戦場のお零れを狙う存在だからである。

俺は別になんとも思わない。ご苦労なことだな、とは思うけど。大した稼ぎにもならないだろうしね。だが、傭兵や軍の中には彼らを蛇蝎《だかつ》のごとく嫌う連中もいる。悪質なスカベンジャーの中にはイリーガルな品を拾って売《う》り捌《さば》くようなやつもいるしね。それも仕方のないことと言えば仕方のないことなんだろう。

「俺が警戒をするから、エルマはミミに回収ドローンの操作を教えながら作業をしてくれるか？」

「アイアイサー。ミミ、頑張るわよ」

「は、はいっ」

エルマが各種センサーを使って獲物の場所を探し始める。俺は彼女の指示に従って船を走らせるのだった。

#9：コロニー襲撃

「いやぁ、大漁大漁」

船のカーゴに回収されたレアメタルや戦利品の一覧を見ながら思わず笑みを零《こぼ》す。レアメタルの量は少なかったが、単価の高いハイテク製品がかなり多い。これは売却益にも期待ができそうだ。

「今回はヤバいものは回収してないわよ」

「おっ、そうだな」

「何よその反応」

「へ、変なものは回収してないですよ？」

エルマのジト目とミミの若干怯《おび》えた声を受け流しながら戦利品の一覧を閉じる。まぁ、毎回毎回レアな危険物がサルベージできるとは限らない。今回は引きが悪かったみたいだな。仕方ないね。

先程セレナ少佐から作戦終了の通達も出たからあとは各自帰投して良いということになっている。宙賊の基地には何隻かの巡洋艦や駆逐艦が横付けしてまだ内部の掃討を行っているみたいだけどな。まぁ、宙賊相手なら正規の帝国航宙兵が遅れを取ることはないだろう。何せ装備が違う。寄せ集めの宙賊では帝国航宙軍が装備しているであろう軍用のパワーアーマーと重火器にはまず対応できないだろうからな。

俺ならどうかって？　生身で帝国航宙軍とやり合うのは絶対に御免被る。いくら俺のレーザーガンが普通のものより品質が良いって言ってもパワーアーマーの装甲を一撃で破壊できる程じゃないし、向こうが使う武器の火力は掠《かす》っただけでも致命傷だ。この船に積んである俺のパワーアーマーを装着して戦うならそうそう負けるつもりはないけど。

あれもなかなか使う機会が無いんだよなー。でも用意はしておかないといざ白兵戦になって向こうがパワーアーマーを着ていたら速攻で詰むんだ、これが。だから用意はしてある。殆《ほとん》どカーゴルームの隅で埃《ほこり》を被《かぶ》ってるけど。

「さて、帰るか」

「ちょ、ちょっと、変なものは回収してないわよね⁉」

「だ、大丈夫のはずです……！」

なんだか慌てて戦利品のチェックをしている二人をよそに俺は艦首をアレインテルティウスコロニーへと向ける。もうカーゴもいっぱいだし、これ以上ここにいても仕方がないからな。

回収しきれない戦利品に関しては残念ながら放置だ。頼まなくてもスカベンジャー達が掃除してくれるだろう。既にレーダーにはそれらしき反応が映ってるし。

「超光速ドライブチャージ開始、行くぞー」

「ちょ、ちょっと待って、大丈夫よね？　本当に大丈夫よね？」

「大丈夫だって、何も変なものはないから。今回は危険物はなし、まっとうな品ばかりだよ。多分」

「多分って何よ⁉」

エルマの叫びと同時に超光速ドライブが起動し、ズドォンという爆発音のような音を立ててクリシュナが超光速航行状態になった。

「どんだけトラウマになってるんだよ、歌う水晶」

「あんなものをこともなげにひょいっと出されたら誰《だれ》でもトラウマになるわよ！」

「そんなにか？」

「そんなにかってあのね……ある意味反応弾頭よりヤバいじゃない。落として割っただけで大惨事よ？」

反応弾頭というのはクリシュナが積んでいる対艦魚雷にも採用されている強力な爆弾である。仕組みはわからないが、原子爆弾や水素爆弾よりも強力な威力を誇るらしい。実際、当てさえすれば戦艦でも一撃で粉砕する威力なので、謳《うた》っている通りの威力はあると思う。

それよりも強力ね……まぁ考えようによってはそうなのか？　歌う水晶で結晶生命体を呼び出したほうがより広範囲に、かつ長時間脅威が持続するわけだし。

「そうか」

「そうかって……軽いわねぇ」

「ヒロ様ですから」

呆《あき》れた表情を見せるエルマと何故《なぜ》か得意げな声音のミミ。何故ミミはそこで得意げな感じなんだ。

「コロニーに戻ったらまた暫《しばら》くあのお姫様の子守、かぁ……」

超光速ドライブ状態になって少し気が抜けたのか、エルマが溜息《ためいき》を吐《つ》く。

「もうあと一週間くらいだからすぐだろ。終わったらどうするかね？」

「もっと稼げるところが良いなら紛争宙域にでも行く？　あんたの腕とクリシュナがあればガッポ

ガポ稼げるわよ」

「うーん、紛争宙域はあんまり気乗りがしないんだよなぁ。なんとなく気が休まらないし」

実際、そういう恒星系のコロニーは軍が破壊工作を警戒してコロニーそのものに厳戒令が敷かれていたりして、滞在も窮屈なんだよな。ゲーム的に言えばマーケットのストアが殆ど閉まってて本当に船の整備と補給くらいしかできない感じになる。この世界だとどういう感じになるのか？　なんとなく想像つくよね。

「えーと、ハイパーレーンの三つ先に観光惑星のある恒星系があって、客船を狙《ねら》った宙賊が跋扈《ばっこ》してるとか」

「ふむ、観光惑星……バカンスをしながら宙賊退治というのも一興では？」

「滞在費が高くなりそうねぇ。ま、クルーはキャプテンの方針に従うわよ。バカンスも悪くないわ」

「んじゃそういう方向で」

俺には惑星上居住地に庭付き一戸建てを手に入れるという野望があるが、別に急ぐものでもない。元の世界に帰る術《すべ》を探しているというわけでもないし、少々の寄り道くらい構わないだろう。ぶっちゃけ切迫した状況でもないから楽しむのが最優先でいいよね、という。

そんなことを話しながらアレインテルティウスコロニー付近に到達した俺達は超光速ドライブ状態を解除し、アレインテルティウスコロニーにドッキング要請を……うん？

「なんかコロニーの様子がおかしくないか？」

「え？　確かに何か変ね。あの区画、停電してない？」

「そうですね？　どうしたんでしょうか。あ、ドッキングベイの誘導灯も赤く点滅してますよ」

様子を観察している間に次々とドッキングベイから宇宙船が飛び出してくる。まるで何かから逃げるかのような挙動だ。

「どうするの？」

「どうするって言われてもなぁ……ミミ、港湾管理局に繋《つな》げてくれ」

「はい、メインモニターに繋ぎますね」

ミミがコンソールを操作し、アレインテルティウスコロニーの港湾管理局に回線を繋げる。いつもはワンコールで出るのに、なかなか通信が繋がらない。暫《しば》し待っているとようやく反応があった。

『こちら港湾管理局！　今取り込み中だ！』

「おいおい、落ち着けよ。こちらは傭兵ギルド所属のキャプテン・ヒロだ。宙賊掃討作戦から今戻ったんだが、コロニーの様子がおかしいようだな。何があったんだ？」

『傭兵か⁉　おい、あんたの船には戦闘用のパワーアーマーは積んであるのか⁉』

「は？　いや、あるけど……？」

意味不明な質問をされて戸惑いながらも答える。そうすると、港湾管理局員は叫んだ。

『助けてくれ！　正体不明の攻撃的な生物にコロニーが襲撃されているんだ！』

モニターの向こうの彼が必死の形相で頼み込んでくる。突然の要請に俺達は返答に困り、互いに顔を見合わせる。

「いや、そんな事言われてもな」

「私達は傭兵よ？　タダで働くほど私達の命は安くないわ」

俺の言葉にエルマが頷《うなず》き、二人で顔を見合わせて首を横に振る。ミミはオペレーター席でどうしたら良いかわからずオロオロしているようだ。こんな状況じゃ仕方ないな。

『こんな時でも金を取ろうってのか⁉』

「どんな時でもだ。命を懸ける以上対価は必要だ。当然だろ？　傭兵《ようへい》ギルドに依頼は出していないのか？」

『た、多分出していると思うがわからん！』

「わからんのかい。とりあえず空いているハンガーに案内してくれ、御託を並べる前に職務を全うしろ」

『わ、わかった……ええっと、三十二番……いや、三番ハンガーに入ってくれ！』

「了解。行くぞ」

通信を切り、ガイドビーコンに従って船を進める。

「入港するの？　面倒事には首を突っ込まないほうが良いんじゃない？」

「よくわからんが金になるかもしれんし、とりあえず話だけでも聞いてみたら良いだろ。セレナ少佐が戻ってくるまでちょろっと港の警備をして金が稼げるなら悪くないだろうし」

「大丈夫でしょうか……？」

「パワーアーマーを着てれば滅多なことにはならんと思う。多分」

どっちにしろアレインテルティウスコロニーに留《とど》まって報酬を受け取らなきゃならんわけだしな。ここで潰《つぶ》れてもらっては困る。

三番ハンガーに停泊すると同時にエルマとミミには船の掌握と傭兵ギルドへのアクセスを任せ、

俺はカーゴルームへと向かった。勿論《もちろん》目的はカーゴルームに置いてあるパワーアーマーである。

「そういやこっちの世界に来てからこれにはあんまり触ってなかったなぁ……」

パワーアーマーというのは、要は動力付きの鎧《よろい》である。分厚い装甲と強靭《きようじん》な膂力《りよりよく》を装着者に与え、パワーアーマーに内蔵されている専用パワーコアから供給されるエネルギーで強力な重火器を扱うことができるのだ。これは個人に戦車並みの装甲と機動力、そしてパワーと火力を与える未来の兵器なのである。

まぁSFものの小説やゲームなんかによくあるやつだな。実際、SOLの白兵戦においてはパワーアーマー未装着の生身のプレイヤーがパワーアーマー装着者に勝利することは非常に難しかった。

「あとは念のために生身用の装備も持っていくか……」

とは言ってもパワーアーマーに乗る以上、レーザーライフルのような長物を持っていくことはできない。いつものレーザーガンに予備のエネルギーパック、それに手榴弾《しゆりゆうだん》の類を持っていくのが精々だろう。

「んんー……どーれにしよっかなー。よし、君に決めた」

カーゴルームの武器庫に整然と並べてあるグレネードの中から俺はプラズマグレネードを選択した。球状の手榴弾で、ボタンを押し込んで三秒半後に超高温のプラズマを発生させる武器である。パワーアーマーならともかく、生物でこの超高温に耐えられるということはあるまい。一瞬で灰になるはずだ。

爆発を伴わないので、コロニー内のような閉鎖空間の中でも安全に使える優れものである。

「しかし、未知の怪物の襲撃イベントねぇ……？」

港湾管理局員曰《いわ》く、パワーアーマーが必要になるほどのモノがコロニーに襲撃を仕掛けてきているらしい。俺にはこういった類のイベントはあまり覚えがないんだが……やはりゲームの世界とは色々と勝手が違うんだろう。厄介な。

☆★☆

さて、パワーアーマーと俺は呼んでいるし、この世界の人々もそう呼んでいるが、俺の乗り込んだこいつの正式名称はもっと長ったらしい名前である。なんだったっけ？　動力炉搭載型人造筋肉駆動式強化外骨格とか？　そんな感じ。クソ長いので皆パワーアーマーと呼ぶ。

パワーアーマーと一口に言っても色々あるが、基本的にＳＯＬにおける白兵戦というのはさほど広くない閉鎖空間での撃ち合いである。そんな撃ち合いをするにあたって必要な機能とは何か？

機動性や敏捷《びんしょう》性だろうか？　いいや、さして広くもない空間でそんなものが高くても持て余すだけである。生身の人間を上回るくらいで十分だ。

では何か？

「ふんっ！」

突進してきた白い化け物を受け止め、そのままパワーにまかせてベアハッグでグシャリと抱き潰し、放り捨ててストンピングで踏み潰す。絡みついてきた小型の怪物を引き千切り、壁に叩《たた》きつける。怯《ひる》む中型の怪物の群れに突っ込み、体当たりでぶっ飛ばす。腕を振り回してかっ飛ばす。向かってきた中型の怪物を掴《つか》んで高圧電流をお見舞いし、逃げる怪物の背中を両肩に装備された高出力レーザーガンで撃ち抜いて灰にする。

「ふはは、力こそパワー！」

頭の悪いことを言いながら謎の攻撃的な生命体を駆逐し続ける。

俺がパワーアーマーに求めたもの。それはひたすらに装甲とパワーである。機動力なんて生身の人間に毛が生えた程度で問題なし。どうせパワーアーマーが必要になる状況で長距離を高速で移動しなきゃならないとか、機動戦を仕掛けなきゃならないなんて状況にはまず陥らないのだ。

敵の攻撃を受け止めてもびくともしない装甲と重量、そして膂力的な意味でも出力的な意味でも圧倒的なパワー。この二つがあればなんとかなるものだ。出力と膂力が高ければ強力な重火器を使うことができる。あとは当てる腕があれば良いんだからな。

『こちら港湾管理局。付近の安全は確保されたようだ、感謝する』

「ああ、報酬は傭兵ギルド経由でしっかりと貰《もら》うから気にするな」

そこら中に散らばった生白い怪物の死骸《しがい》を一箇所に積み重ねながらパワーアーマーの状態をチェックする。

装甲にダメージなし、各関節のアクチュエーターに異常なし、エネルギー残量99・7％、固定武装も異常なし。

俺のパワーアーマーの型番は【ＴＭＰＡ－13 ＲＩＫＩＳＨＩ ｍｋ－Ⅲ】だ。固定武装は両掌に装備された超高圧電流放射装置『ハリテ』と脚部の衝撃増幅装置『シコ』、そして両肩部に装備された高出力レーザーガンの『シキリ』である。

その他、武装と言って良いのかどうかわからないが、シールドを張りながらごく短距離を超高速で移動して体当たりを行う『ブチカマシ』機構を備えている。シールド自体は任意で展開することも可能だけど。

パワーアーマーとしてはかなり大型の部類で、ヘビーアーマーに区分される機種だ。ジェネレーター出力も高く、ペイロードも十分で様々な重火器を扱うことができる。

全体的にずんぐりむっくりと言った感じで、重装甲故に外見としてはかなり『太って』見える。重量を支えるために脚部がかなりがっしりしていて重心が低いのが特徴だな。俺はパワーアーマーのペインティングとかにはあまり拘《こだわ》らないタチなのだが、このメーカーの標準カラーは有り体に言ってあまりにもダサいので全身癖のないシルバーなメタリックカラーにしてあるな。

うん、わかる。突っ込みたいのはよーくわかる。ぶっちゃけていうとこのパワーアーマーの外見はメカっぽいお相撲さんだ。しかも微妙に造形がその……悪役っぽい。もうこれはダサかっこいいじゃない。ストレートにダサい。

でも強いんだよ！　俺の求めている性能を追求するとこのパワーアーマーが最適だったんだよ！もうなんというかネタ機にしか見えないんだけど本当に強いんだって！　SOLでも最強パワーアーマーと言えばこの【RIKISHI mk-Ⅲ】の名前が即座に挙がるくらいの良機体なんだって！

パワーアーマーを使ったPvPイベントとかこの機体だらけで、イベントが始まると『さぁやってまいりましたSOL大相撲、初場所です！』とか『本日の一番目は東側キャプテン・ブラック山と西側キャプテン・ヒロの海の取り組みとなります』とか実況が入るくらい人気だったんだよ！

何故《なぜ》このようなパワーアーマーが誕生したのか？　それはSOLの開発にしかわからない。そしてこの世界でも問題なく受け容《い》れられるということも今日わかった。もしかしたらこの世界にも同じようなパワーアーマーがあるのだろうか……？

『ヒロ様？　ヒロ様？　大丈夫ですか？』

「あ、ああ。大丈夫だ。ちょっと考え事をな。どうしたんだ？」

『傭兵ギルド経由で救援依頼です。イナガワテクノロジーからで、私達が診察を受けた病院がありますよね？　あそこで騒動によって出た怪我人の治療なんかをしているみたいなんですが、そこに例の怪物が集まり始めているようです』

「ここはもう良いのか？」

『帝国軍のパワーアーマー部隊が間もなく到着するそうです。防衛の成功と戦闘データ供出で報酬は5万エネルですね』

「命懸けの割に安いなー。生身だと多分危ないぞ、こいつら」

『だからパワーアーマー装備が前提なんじゃない？　イナガワテクノロジーのほうはどうするの？』

「向かうことにする。報酬は良いんだよな？」

『10万エネルですから、港の防衛の倍ですね』

「そりゃいいな。ナビゲートよろしく」

『はい！』

少し離れたところに放り捨てていた武器を拾ってからパワーアーマーのＨＵＤ上に表示されるマップ情報に従ってガッシャンガッシャンと移動を始める。

『それにしてもわざわざ格闘戦とは酔狂ね。別にあんた、格闘が得意なわけじゃないでしょ？』

「得意じゃなくてもしなきゃならん時はある。余裕がある時に試しておいたほうが良いだろ」

『それはそうね』

武器の状態をチェックしながらガションガションと走る。今回俺が持ってきたのは焦点可変式レーザーランチャーだ。

パワーアーマーを着た敵には焦点を収束させた高出力レーザーで対応できるし、生身相手なら焦点を散らしたスプリットレーザーでも致命的なダメージを与えられる。なかなかに万能な武器なのである。

重くて取り回しは良くないが、俺のパワーアーマーならなんてことはない。

『道を真《ま》っ直《す》ぐ進んで右に曲がったところにエレベーターがあります。それに乗って中層に降りてください』

「了解」

この辺りはあの生白い化け物はいないようだ。しかし、アレはアレだよなぁ。

「なぁ、あの化け物、俺達が工場見学の時に見た人造肉の……」

『似てますよね……』

『工場から離れては生きられないって話だったけど……管理が杜撰《ずさん》だったのかしらね？』

「あの工場とは限らないけどな。人造肉ってどれも白かったし他の工場かもしれん」

通信越しに二人と会話しながらエレベーターに乗り込み、行き先を中層に設定する。程なくしてエレベーターは滑らかに動き始めた。パワーアーマーはかなりの重量なんだが、これくらいはなんでもないらしい。

「船の方も警戒しておけよ。まぁハッチさえ閉めとけば中に入ってくることはないと思うけど」

『それは大丈夫、ハッチのセキュリティカメラは常にチェックしてるし、低出力でシールドも張ってるから』

「なら大丈夫だな。でも念のためな」

そもそも宇宙船であるクリシュナの対NBC防御は完璧《かんぺき》だし、シールドも展開してあるならあの白い怪生物は近寄ることもできまい。フラグでも何でもなく、不可能なものは不可能だ。

というか、その状態だとパワーアーマーを着た俺ですら突破は難しい。クリシュナのシールドジェネレーターから発生しているシールドを飽和させるのはこのレーザーランチャーを使っても無理である。強力とは言っても宙賊艦のしょぼいレーザーくらいの威力しかないし。

そうしているうちにエレベーターが目的の階層に辿《たど》り着《つ》いた。ドアが開いて目に入ってきた光景に絶句する。

「これはひどい」

阿《あ》鼻叫喚《びきょうかん》の地獄絵図だ。ガクガクと身を揺する大型の白い化け物の口の端でプラプラと動いている誰かの片足、白い身体《からだ》を鮮血で染めて何かを貪《むさぼ》っている中型の怪物、無数の小型の怪物に取り付かれて身動き一つしない誰かの身体。そんな光景があちこちに広がっている。

どの怪物にも共通しているのはぬめりとした白い身体と、ヤツメウナギのような丸い口、そこに生えている無数の鋭い牙《きば》といったところか。あの工場で見た人造肉の材料の触手生物とは違って、中型種以上のものには手足のようなものがある。小型種は触手生物そのままって感じだけど。

いやぁ、触手生物が元だけど薄い本みたいな感じにはなりそうもないですねぇ、これは。食欲しかありませんぜこいつら。グロいわ。

『酷《ひど》いわね……』

「ミミは大丈夫か？」

『そっちからの画像を見て顔を真《ま》っ青《さお》にして固まってるわ』

「無理に見るなって言っとけ。あと、生存者の反応があったら教えてくれ」

『アイアイサー、とりあえず通りには居ないわ』

エレベーターに奴らを乗せるわけにはいかないので、エレベーターからとっとと降りてレーザーランチャーを構える。スプリットレーザーモードだ。

「おらーっ！　汚物は消毒だー！」

スプリットレーザーをバラ撒《ま》いて手前から順番に怪物どもを灰にしていく。通りには生存者はいないとのことなので、遠慮なく掃討する。

こいつらは生身の人間にとっては脅威だが、パワーアーマーを装着している俺にとっては何でもない雑魚《ざこ》だ。大型種の体当たりで転倒させられる可能性はゼロではないが、転倒させられたとしても奴らの膂力《りょりょく》と牙では俺のパワーアーマーにダメージを与えることはできない。

対する俺の火力は圧倒的。武器を使わなくてもパワーアーマーの固定武装と格闘だけで奴らを蹂《じゅう》躙《りん》することができる。帝国軍のパワーアーマー部隊が本格的に動き出せばこれくらいの怪物はすぐに掃討されるだろう。こうして俺が戦う機会があるのはなんというか、タイミングが良かったな。

ドスドスと音を立てながら愚直に向かってくる大型種にスプリットレーザーの連射を浴びせて無

力化し、飛びかかってくる中型種をレーザーランチャーで殴り飛ばし、時に蹴《け》りで迎撃しつつやはりスプリットレーザーで焼き払う。小型種も絡んできて鬱陶《うっとう》しいので、たまに身体から毟《むし》り取って踏みつけてやったり、あまりに多い時には掌《てのひら》からの放電を浴びせてやったりしてまとめて駆除する。

『私だったら気持ち悪くて吐くわね』

「ゲロを吐くのは酒を飲みすぎた時だけにしとけよ……」

放電で身体から落ちた小型種を踏みにじりながら苦笑する。しかしどうにも中型種は多少頭が回るようで、敵《かな》わないと察すると逃げるな。逃さないけど。

肩部レーザガンと手持ちのレーザーランチャーを連射して逃げようとする中型種も殲滅《せんめつ》しながら以前訪れた総合病院への道を走る。

『次の交差点を右折、そうしたらもう目と鼻の先よ』

「あいよ」

ガッシャンガッシャンと足音を響かせて走る。通りには生存者は居なかったな。どうも生存者は建物の中に逃げ込んで籠城《ろうじょう》しているらしい。こういったコロニーは事故や攻撃で外殻に穴が空いた時のために気密性の高い避難シェルターなんかもあるだろうから、そういうところに入ってるんだろうな。

「ワァオ」

交差点を右折して思わず声を上げてしまった。目標ポイントである総合病院の前に何故か怪物どもがひしめいていたからだ。

「なんで集まってるんだこいつら」

『さぁ？　健康診断とか？』

「健康診断のために病院に押しかけるクリーチャーとかシュール過ぎるわ」

エルマの適当な返答を聞きながら俺はレーザーランチャーを化け物どもの群れに向けた。

「イエエェエエエェッ！　レッツロォォォォォォック！」

スプリットモードで生白い化け物どもの群れに致命的な光線のシャワーをお見舞いしてやる。発射から着弾まではまさに一瞬だ。それはそうだろう、文字通り光速で着弾するのだから。

本来、高出力のレーザーが対象に与える主なダメージソースは爆発による衝撃力のはずである。超高温のレーザーを被弾した対象の表面が急激に蒸発し、爆発してダメージを与えるのだ。

しかし、SOLにおける高出力レーザー兵器というものはそういった原理でダメージを与えることはなく、対象を貫き、灰にする。俺の知っている光学兵器の挙動と違う。

「まぁ、敵が倒せれば何でも良いんだけど不思議だよなぁ」

もしかしたら俺の知るレーザー兵器とは原理からして何か違うのかもしれない。そんなことを考えながら迫りくる白い怪物達を掃討する。

『何が？』

「いやなんでも。しかしなんだろうね、こいつらは。こういうことってよくあるのか？」

『私は聞いたことがありませんけど……』

『こんな事件が度々起こってたら培養肉工場とメーカーは軒並み潰《つぶ》れるわよ』

「それもそうか」

そのうち培養肉製造に反対する人とかも出てきそうだよな。俺が見た範囲内でも確実に何人か死んでるし。こんな事態を引き起こさないように十重二十重の安全対策はされてそうな気がするんだけどな？

「もしかしてモグリの培養肉製造業者でもいたのかね」

『あまりぞっとしない話ね……そんなところの培養肉とか何を餌にしているやら』

『美味《おい》しいお肉を作るには餌が重要ってコーベ・ビーフのパンフレットに書いてありました』

「エルマが心配しているのはそういうことじゃないと思うなぁ」

のんきな話をしながら怪物を駆除する。え？　ロックはどうしたって？　緊張感の欠片《かけら》もない駆除作業にロックも何もないよな。

『エルマさん、総合病院から通信が』

『繋《つな》いで』

エルマがそう言うと、男性の声が聞こえてきた。

『こちらイナガワテクノロジー総合病院、警備課のアムレイです。貴方達《あなた》は――』

「傭兵《ようへい》ギルドで救援依頼を請けて駆けつけたキャプテン・ヒロだ。現在総合病院前のクリーチャーを駆除中」

『私はエルマ、彼の船のクルーで今は情報支援を行っているわ』

『私はミミです。エルマさんと同じくオペレーターをしています』

『ああ、傭兵ギルドの……助かりました。実は外部と内部を隔てる隔壁が破られそうだったんです』

「この程度でか？　気密性を保つために結構な厚さだろう、隔壁は」

『あの怪物の体液には腐食性があるようで……普通、コロニー内の気密隔壁には耐腐食性は求められませんから』

「なるほど」

院内の気密を保つだけなら確かに耐腐食性はさして必要ないのかね？　俺のパワーアーマーは一応戦闘用だから耐腐食性も考慮された装甲材でできている。いくら奴らの体液を浴びてもビクともしない。

「外は任せてくれ。内部には侵入していないんだよな？」

『今のところは。殲滅が終わったらクリーチャーのサンプルを採取してください。駆除用ナノマシンを作るという話なので』

「了解。生け捕りは必要か？」

『いえ、死体で十分だそうです』

「わかった……レーザーで焼いたやつはマズいよな？」

『さぁ、私は警備員なので……生のほうが良さそうな気はしますが』

「だよな。了解」

数が減ったら格闘戦で仕留めれば良いだろう。さて、お掃除お掃除。

『ヒロ様、新たな反応がそちらに向かっています。なんだか、妙な反応です』

「妙？　妙ってのはどういうことだ？　正確に報告してくれ」

『え、えっと……例の化け物の反応に見えるんですが、人間の反応のようにも見えます。あと、速度が急激に変化するんです』

「はぁん？」

要領を得ないミミの報告に生返事をしながらミニマップ上に強調表示される反応の方向に注意を向ける。ヒタリ、という足音をパワーアーマーの集音センサーが拾った。建物の陰、小さな路地から『それ』が姿を現す。

「おいおい……なんだよありゃ」

それは今まで見た白い化け物どもとは一線を画す『人間らしい質感の肌』をした化け物だった。歪《いびつ》な三本の足で地面を踏みしめ、細長い体躯《たいく》から異常に発達した二本の腕を生やし、他の化け物達と同じような丸い口と鋭い牙を持っていた。

なにより嫌悪感を抱かせるのは細い胴体にいくつも開いた目だ。その目はギョロギョロとあちこちに視線を向けていた。そのいくつもの目が一斉に俺を捉《とら》える。その目は、まるで――。

「人間の目……？」

『ヒロ様！　来ます！』

奴《やつ》の外見を訝《いぶか》しんでいる間にできた、一瞬の隙。その一瞬の隙を逃さず、化け物はこちらへと飛びかかってきていた。

「くっそ！」

咄嗟《とっさ》にレーザーランチャーをその場に取り落し、呼吸を止めて迫りくる拳《こぶし》を受け止める。軽く10m以上はあったはずの距離が一瞬で詰められていた。いくら相手が化け物とはいえ、速すぎる。いや、待て。こいつ、俺が呼吸を止めているのに速い!?

「っ！！？」

俺に攻撃を受け止められたと見るや、化け物はそのまま即座に逆の拳を繰り出してきていた。ギチリ、と握りしめられた異形の拳が顔面へと迫ってくる。

次の瞬間、弾《はじ》かれるように化け物の身体《からだ》が大きく吹き飛んだ。

「ギョアァッ!?」

何が起きたのか理解できないのか、化け物が驚愕《きょうがく》の声を上げながら足だけでなく強靭《きょうじん》な両腕も使って着地する。そして、次の瞬間奴は再び目の前に現れていた。

「ゴアアァァッ！」

バシン、バシン、と異形の拳が叩《たた》きつけられる音がする。しかし、その拳はパワーアーマーの装甲に届いてはいない。

「はっはっは……いやぁ、文明の利器って最高だよな」

化け物が一心不乱に拳を振るってくるが、その拳は俺には届かない。人間の頭を一撃で粉砕するような拳も、スペースデブリをも受け止めるシールド技術の前には無力である。

両肩のレーザーガンを起動し、一心不乱に攻撃性を発揮し続けている化け物へと照準を合わせた。

「あばよ」

連続で発射されたレーザーが化け物の頭部と胸部を貫き、絶命――しなかった。

「えぇ……？」

幾条ものレーザーに貫かれ、後ろに吹き飛んだ化け物が何事もなかったかのようにむくりと起き上がる。胸部に三発、首の辺りに一発、それに頭部に一発当たっていた筈《はず》だが、レーザーに灼《や》かれたその傷痕《きずあと》はミチミチという気味の悪い音を立てながら徐々に再生を開始していた。

「……ちょっとタフ過ぎない？」

『ゴアアァァァッ‼』

再生を完了した化け物が再び元気に飛びかかってくる。攻撃そのものはシールドで防ぐことができているが、このシールドも永遠に張っておけるわけではない。出力が高い分燃費がよろしくないのだ。今もみるみるうちにパワーアーマーのエネルギー残量が減っていっている。

黙っていても何の解決にもならないので、俺はとにかく化け物を攻撃した。固定武装のレーザーで撃ち殺し、ダウンしたところを衝撃増幅装置のついた脚部で踏み潰し、取り落していたレーザーランチャーで丹念に焼き払った。

『グ……グルルアァァ』

「いやほんとすんげぇタフだな⁉」

しかしそれでも化け物を殺し切ることができなかった。シールドを張り続けているために既に残りエネルギーはレッドゾーンだ。まぁ、こいつの膂力でこのパワーアーマーの装甲を抜けるかどうかはわからないが、そろそろ切羽詰まってきた。

「あまりやりたくなかったが、こうなっては仕方がない……」

俺は奥の手を使うことにした。本来は数的有利がある場合に相手のパワーアーマーを使用不能にするために使うテクニックなのだが、まぁこいつにも有効に働くだろう。

「よっしゃ来いオラァ！」

そう叫んで俺はシールドを解除した。更に腰を落として重心を低くし、両手を広げて構える。

『ゴォアアァァァァァァッ‼』

化け物が突っ込んでくる。速い。俺は息を大きく吸い込み、集中した。化け物の動きが少しだけ遅く見えるようになる。

「いよっ――」

首元に突き立てんと繰り出してきた化け物の右爪を左手の甲で外側に受け流し、そのまま左腕を化け物の右腕に絡めて脇の下に抱え込む。次いで放たれた左の鉤爪《かぎづめ》を右掌で叩き落とし、化け物の左腕ごと右腕で化け物に組み付いた。

「っとぉ！　捕まえたァ！」

パワーアーマーの全身の関節をロックし、更に緊急脱出装置を作動させて俺はパワーアーマーの背面から飛び出した。そしてその背面をよじ登り、パワーアーマーに組み付かれて身動きの取れなくなっている化け物の醜悪な顔面と対面する。

「動けないだろう？　本当はこうやって膠着状態《こうちゃくじょうたい》に持ち込んでジワジワと叩くか、同じようにパワーアーマーから飛び出してきた敵を仲間にぶっ殺させるテクニックなんだけどな」

言いながら、俺は右手を振り上げた。手には球状の物体――プラズマグレネードを握っている。どれだけ再生能力が高くても、身体の大半を超高温のプラズマで灼き尽くされたら流石《さすが》に再生はできまい。

『グラァァァァァァッ！』

「うるせぇ野郎だ。これでも喰《く》って大人しくしてろ」

起爆ボタンを押し込み、叫び声を上げる化け物の口の中にプラズマグレネードを突っ込んだ。そしてすぐさま化け物とパワーアーマーから距離を取り、レーザーガンを抜く。

瞬間、光が爆《は》ぜた。

「うおぉーっ⁉」

咄嗟にレーザーガンを持っていない左腕で目を庇《かば》う。

そうしているうちに超高温のプラズマで熱せられた空気がブワッと押し寄せてきた。熱《あ》っつ⁉もっと離れれば良かった！

内心後悔しながら熱風をやり過ごし、恐る恐る目を開ける。そこには赤熱化している俺のパワーアーマーと黒焦げのあの化け物の右腕らしきものだけが残っていた。ちょっと警戒したが、流石に右腕だけから再生することはできないらしい。

「はー……厄介な奴だった」

小型情報端末を操作し、パワーアーマーの緊急冷却機構を作動させる。うーん、至近距離でプラズマグレネードの爆発に巻き込まれるとダメージが凄《すご》いな。まだなんとか動きそうだけど。分厚い装甲様々だな。などと考えていると小型情報端末から呼び出し音が鳴り始めた。そのまま通話ボタンを押すと、画面の向こうから大声が聞こえてくる。

『ヒロ様⁉　無事ですか⁉』

「おおう。無事無事、問題ないぞ。あんまりにもタフな奴が出てきたからちょっと奥の手を使っただけで」

『よかったぁ……こちらからモニターできるのはパワーアーマーからの情報くらいなので、急に動かなくなって全身に凄いダメージが入ってびっくりしました』

「そりゃ心配かけたな。すまん。でも厄介な奴は仕留めたし、パワーアーマーもまだなんとか動きそうだから問題ないと思う」

話している間にパワーアーマーの冷却が完了したようなので、再度乗り込んで各部をチェックする。高熱のせいでセンサーの精度が落ちたり、人工筋肉の出力が落ちたりしているようだけどなんとか動くようだ。

『随分と苦戦したわね。いい運動になったんじゃない？』

「まったくだ。しっかりと運動ができて今日はよく眠れそうだよ」

軽口を叩きながら程度の良さそうなクリーチャーの死体をいくつか見繕い、病院の入り口——隔壁の前に積み上げておく。勿論《もちろん》最後に仕留めた妙な化け物の黒焦げの右腕もだ。

「サンプルはこれで十分か？」

『ああ、ええと……ちょっと待ってくれ』

どうやら研究者に確認に行ったらしい。とりあえず残りの死骸《しがい》も放置しておいたら酷《ひど》いことになりそうなので、一箇所にまとめておく。基本的に閉鎖空間だからな、コロニーというものは。腐って発生する異臭やガスが洒落《しゃれ》にならない事態を引き起こしかねない。

『やぁやぁしばらくぶりだね、ヒロ君。君にはまた命を救われちゃったな』

「……ショーコ先生？」

『ああ、ショーコだよ。こう何度も命を救われると運命というものを感じてしまうね？』

「え、ええ、まぁ」

どちらかというとショーコ先生のトラブル体質と俺のトラブル体質が合わさって妙な縁を紡いでいるだけのような気がしないでもないけど。

『視界のリンクを共有してもらっても？』

「ええ、ミミ」

『はい、共有開始します』

視界の共有をした途端、ショーコ先生と繋《つな》がった回線からどよめきのようなものが聞こえてきた。

『凄いね。これはヒロ君が一人で？』

「そうですね。まぁパワーアーマーを着てるんでこれくらいは」

格闘戦を行うために放り捨てていたレーザーランチャーを拾い上げ、サンプル用に分けておいたクリーチャーの死骸の前に移動する。

『これがサンプルかい？』

「ええ。小型種、中型種、大型種の死骸の状態の良さそうなのを二つずつ。それとつい今しがた仕留めた変な奴も」

そう言って黒焦げの右腕を指差す。

『また随分と黒焦げだね……それぞれについて何か感じたことはあるかい？』

「小型と大型の知能は動物並みというか、凶暴性が高いというか、食欲に忠実って感じですね。不利な状況とかそういったことを全く考えず、愚直に真《ま》っ直《す》ぐ襲ってくる感じです」

『なるほど。中型種は違うのかい？』

「こいつらは他の二つに比べると幾分頭が良い感じですね。小型種や大型種を囮《おとり》にして不意打ちを仕掛けようとしてきたりしますし、形勢不利とわかると逃げようとします」

『へぇ……それは興味深いね。他の二種に比べると脳が発達しているのかな？』

「かもしれませんね。あと、色の違うこいつはとにかく凶暴でした。攻撃性の塊って感じですね。妙に動きも速かったし、驚異的な再生能力を有してました。レーザーで全身を撃ち抜いても復活して何度も向かってきて大変でしたよ。他の奴らとは明確に一線を画してる感じです」

『なるほど。突然変異体かな？　いずれにせよしっかりと調べることにするよ』

「サンプルはこれだけで足りますかね？」

『うん、大丈夫だと思う。用意をしてそちらに出るから警戒をよろしく頼むよ』

「了解、しっかり見張っておきます」

通信を切り、ミミとエルマに周辺の索敵を任せて死体掃除を再開する。

「これ、レーザーで灰にしておいたほうが良いかな？」

『一応良質なタンパク質だろうし、そのままにしておいたら？　コロニー側で何かに使うかもしれないし』

「そうか？　そうだな」

そうして作業をしているうちに隔壁が開き、黄色い防護服に身を包んだ人々が総合病院の中から現れた。サンプル輸送用と思しき密閉式のストレッチャーのようなものも持ってきているようだ。その中から一人が片手を挙げて近づいてきた。

「やぁ、助かったよ。なんというか強そうなパワーアーマーだね」

「その声はショーコ先生？　お互い、完全装備だと顔がわからないですね」

「まったくだね。今回は本当に助かったよ。救援要請は出したと聞いていたけど、まさかヒロ君が来るとはね」

「妙なところで縁がありますね。まぁ、依頼を見つけたのはミミとエルマなんで」

「そうなのかい？　二人にも感謝しないとね」

「えーと、俺はこの後どうすれば？」

「さっさと駆除用のナノマシンを作ってしまうよ。恐らく二時間もあれば大丈夫だと思うから、その間ここを守ってくれるかな？　一応上からはそう聞いているよ」

「了解」

「それじゃあ、頑張って」

そう言って防護服で完全装備なショーコ先生は研究者達の輪に戻って行き、サンプルの回収に参加し始めた。そのうちにまた戻ってくる。

「小型種のサンプルがもっと欲しいんだけれど」

「そこに積んであるからお好きなだけどうぞ。状態はマチマチだから適当に選んでってください」

「わかったよ」

回収作業中に彼らが襲われたら大変なので、レーザーランチャーを手に周辺警戒を厳にしておく。よく見ると、防護服を着た人の中にレーザーガンを手にして警備に当たっている人が何人か居るな。警備員だろうか。

程なくして回収作業は終わり、作業をしていた人々は病院内に引っ込んでいった。一人取り残された俺は再びお掃除開始である。

「駆除用のナノマシンを作るってたけど、そんなに簡単に作れるものなのかね？」

『どうなんでしょうね？』

『この総合病院なら研究用の高性能な陽電子ＡＩもあるでしょうし、治療用のナノマシンの素体もたくさんあるでしょうから可能なんじゃない？』

「生物を駆除するナノマシンって危なくね？」

『知らないわよ。でも、この前の培養肉工場ではナノマシンを使った脱走防止機構があるとかそんな話もしていた気がするし、あの化け物にだけ効くようにうまい具合に作るんじゃない？』

「はえー、そんなことができるんだなぁ」

エルマの解説に感心しながら掃除と警備をして過ごす。なんかあちこちで戦闘音のようなものが聞こえてき始めたので、コロニーに駐屯している星系軍が駆除を開始したか、それともセレナ少佐の対宙賊独立艦隊が帰ってきたのかもしれないな。

なお、研究完了まで再度の襲撃はなかった。ただ突っ立ってるだけだったぜ……。

☆★☆

いかにも清潔そうな白い空間と、そこに設置されたいくつかのテーブルと椅子。遠くから機械か何かの駆動音や、残響と化した人の話し声らしきものが聞こえてくる。

そんな白い空間に設置された席の一つに俺は着いていた。パワーアーマーの窮屈さから解放され、実にさっぱりとした気分だ。

「いやぁ、本当に助かったよ。前もその前ももうダメだー、と思ったけど今度ばかりは本当に私の命運も尽きたかなと考えていたんだ」

ショーコ先生がそう言いながら俺に何かの飲料ボトルを差し出してくる。よく冷えている、少し白く濁った液体だ。粘性は特にないようで、スポーツドリンクのように見える。

「これは？」

「経口補水液のようなものさ。比較的飲みやすい味だよ」

本当にスポーツドリンクのようなものだったらしい。折角だからということで素直にボトルのキャップを外して一口飲む。うん、ポ◯リだこれ。

「お疲れ様だったね。大変だったろう？」

「それなりには。まぁ、パワーアーマーのおかげで危険を感じる場面は少なかったですね」

対クリーチャー用ナノマシンの研究が終わった後、総合病院の中に招かれた俺はパワーアーマーを脱いで病院の施設でひとっ風呂《ぷろ》浴び、ショーコ先生に歓待されていた。俺と知り合いだということで彼女が歓待役に抜擢《ばってき》されたらしい。

何故《なぜ》とっとと船に帰らずに総合病院に滞在しているのかと言うと、クリーチャーどもの体液を浴びに浴びまくったパワーアーマーを浄化もせずに船に帰るのは危険だろうと判断されたからだ。どんな病原体を持っているかわからないからな。

「ショーコ先生はもう開発のほうは良いんですか？」

「うん、もう完成してるしね。若干の修正は入る可能性もあるけど、まぁ微々たるものだろう。私が関わる必要はないいね」

そう言って彼女はヒラヒラと軽く手を振った。

「あの色違い、なんだったんです？」

俺の質問にショーコ先生は困ったような笑みを浮かべた。俺の中ではなんとなく予感があるんだけどな。再生能力はわからんけど、急に異常な速度で動いたりしてたし。

「まぁ、良いんですけどね。俺とクルーの身の安全が脅かされなければ」

「すまないね……」

ショーコ先生の反応から確信した。恐らくあの色違いには俺の遺伝子データの痕跡《こんせき》か何かがあったんだろう。イナガワテクノロジーからはあの遺伝子データ強奪事件の後、特にこれといった連絡なんかはきていない。うーん、あんまり信用できないのかねぇ、イナガワテクノロジーは。

「しかしショーコ先生もなかなかに運が悪いですね。凡《およ》そ一ヶ月で三回も命の危機に曝《さら》されるっていうのは」

「まぁ、そうだね。確率論的に言えば異常値だね。どのケースでもヒロ君のおかげで命拾いしたっていうのには少し運命を感じちゃうけれど」

「そういうの信じるほうなんですか？」

あんまりオカルトとかを信じなそうなタイプの人に見えたんだが。

「いいや、まったく。でも短期間にこうも続いてしまうと宗旨変えも已《や》むなしかな？」

「なるほど？　じゃあ運命に従ってうちの船医にでもなります？」

俺の誘いにショーコ先生はキョトンとした顔をした後、クスリと笑みを漏らした。

「それも悪くないけれど、傭兵《ようへい》の船となると船医までは必要ないだろう？　基本的にコロニーの近くで活動する君達傭兵は急病時にはコロニーの医療施設を使えるし、それ以外の軽度な傷病であれば簡易医療ポッドだけで十分なはずだ。コロニーから遠く離れて活動する開拓移民船や深宇宙探査船――所謂《いわゆる》冒険船とかならともかく。私としても満足な研究設備も研究対象もないような船には、ね？」

「そりゃ残念」

ショーコ先生は魅力的な女性だから本当に残念だな。ええ？　動機が不純だって？　男なんてそんなものだろう？　ミミ並みの胸部装甲を持つ眼鏡《めがね》美人さんだぞ？　一回くらいお相手願いたいと思うのは健全な男性の自然な発想だろう。

「ふふ、目つきがやらしいよ？」

「それだけ俺が健全な男性であるということですよ」

「そんなにいいものかな？　これ。肩が凝るしジロジロ見られるから私はあまり好きじゃないんだけれどね？」

そう言ってショーコ先生が自分のおっぱいを下から持ち上げてみせる。なんという眼福。エクセレント。なんまんだぶなんまんだぶ。

「拝むほどかい？」

「男にとって女体とはいくら探求しても探求しきれない神秘の領域なので」

「安い神秘だなぁ」

ショーコ先生がケラケラと笑って席を立つ。

「さぁ、サービスタイムは終了だよ。そろそろ浄化作業も終わっている頃《ころ》だ」

「アイアイマム」

俺は席を立ち、サービス精神溢《あふ》れるショーコ先生に敬礼した。

☆★☆

帰り道は非常に安全な道程となっていた。三人一組となったパワーアーマー装備の帝国航宙兵があちこちを巡回して例のクリーチャーの処理をしていたから、俺の出る幕は全くなかったのだ。

とはいえ、こちらはパワーアーマーを装備した上に強力な武器を携行してうろついている不審者である。何度か帝国兵に呼び止められたわけだが、傭兵ギルド経由でイナガワテクノロジーの救援任務を受けて、今は任務を完了して船への帰投中だと説明するとすぐに解放してくれた。

「で、結局出処《でどころ》がどこなのかは判明したのかね？」

『今の所、そういう情報はないですね。ただ、各ハイテク企業が打ち出した様々な対処策で駆除は進んでいるみたいです』

「各企業から様々？　イナガワテクノロジーのナノマシンだけじゃないのか？」

『はい。軍用ロボット兵器メーカーのイーグルダイナミクス社はクリーチャー駆除に特化した戦闘ロボットを大量にコロニー各所に派遣したようです。それに化学薬品メーカーのサイクロンはクリーチャーにだけ猛毒性を発揮する化学物質の合成に成功し、化学薬品放射器と一緒に帝国軍に提供したようですね。その他にも色々なメーカーが対応策を打ち出しているようですよ』

『帝国軍も駆除を開始したし、独立部隊も戻ってきたみたいだよ。事態は収束に向かっていると見て良いわね』

「なるほど。しかし人騒がせな事件だったな……俺らはそれで金を稼いだけど、命を失ったり怪我《けが》をしたりした人はたまらんだろうな」

『そうね。あ、そうそう。今回の二件で稼いだ分は私達に分配しなくて良いからね』

「おん？　どういうことだ？」

『船で稼いだなら私達も命を張ってるって意味で分け前をもらうけど、今回命を張ったのはあんただけでしょ？　これで分け前を貰《もら》おうだなんて流石《さすが》に虫が良すぎるわよ』

「そうか？」

二人にも戦闘のサポートはしてもらったんだが。

『そうですよ。これくらいのことで命を張って戦ったヒロ様の分け前なんて烏滸《おこ》がましいです』

「そうか……わかった」

二人がそう言うならそうしておこう。定めた決まりに反するのはどうかと思わないでもないが、二人の言い分も納得できる。俺がもし彼女達の立場だったらどうか？　同じ事を言い出すかもしれない。

「この様子じゃ暫《しばら》くは混乱状態だろうな、このコロニーは」

『仕方ないわね。幸い、食料と水のストックは十分あるし、報酬を受け取ったらさっさと次の目的地に移動すれば良いわよ』

『それまでは外に出るのも危ないですし、艦内で待機ですね』

「そうだな。艦内でゆっくりするしかないな……ふふ」

ちょっと身体《からだ》を動かして軽く命の危機――でもないけど、命のやり取りをしたせいか昂《たか》ぶってるんだよな。お二人には存分にお相手願おうかね。

『……手加減しなさいよ？』

若干怯《おび》えた声で通信越しにエルマが囁《ささや》いてくる。

『何の話ですか？』

ミミは事態がよく呑《の》み込めていないようだ。それもまたよし。

「二人とも疲れただろう？　もうこっちは大丈夫だから、風呂にでも入っておくといい」

『んん……？　わかりました。では、気をつけて帰ってきてくださいね、ヒロ様』

「ああ、いい子にして待ってろよ」

通信を切ってエレベーターへと乗り込む。エレベーターを降りたらもう一勝負だな。

☆★☆

嫌なタイミングで起こった謎の化け物発生事件の影響は大きく、軍と港湾管理局から報酬が払われるまで五日もかかった。イナガワテクノロジーからの報酬はすぐに振り込まれたんだけどな。

それまでの五日間何をして過ごしていたのかって？　まぁボロボロになったパワーアーマーを修理に出したり、やることがないし最近働き詰めだったからミミとエルマとイチャイチャしたり……言わせんな恥ずかしい。いや、俺も超人じゃないから四六時中ずっとってわけじゃなかったけどね。

取っ替え引っ替え好き放題したのは認めるけど。

エルマは最初は仕方ないなぁって感じだったけど最後のほうはかなりノリノリだったし、ミミは戸惑ってたのは最初だけだったな。結果的に許されたのでヨシ。

「さて、清々《すがすが》しい朝だな」

「はいはいそうね」

「ミミ、エルマの対応が冷たいんだが」

「きっと照れているんですよ。エルマさんはちょっと素直じゃありませんから」

「〜〜ッ！」

ニコニコしながら悪気もなく図星を突《つ》くミミ。流石のエルマも邪気の欠片《かけら》もないミミに噛《か》み付くのは気が咎《とが》めるのか、顔を真っ赤にして黙りこくってしまう。

「ははは、エルマは可愛《かわい》いなぁ。さて、やっと報酬が支払われたということで、分配するわけだが……今回の報酬総額は略奪品の売却分も含めて83万5464エネルだ。それに30日分の拘束費が150万エネル、出撃時の同伴ボーナスが全部で37万2514エネル。合計で270万7978エネルが今回の一連の稼ぎだな」

「時間はかかったけど結構な金額になったわね」

「しゅごいです……」

エルマは満足げに頷《うなず》き、ミミは想像を絶する金額だったのか目を点にして唖然《あぜん》としている。俺もまぁまぁの稼ぎだったと思う。健康診断も受けられたし、セレナ少佐とのコネと彼女に対する貸しもできた。最終的には悪くない結果だったんじゃないだろうか？

「そこからエルマへの分け前が8万1239エネル。ミミへの分け前が1万3539エネルだな」

そして俺の取り分が261万3200エネル。総資産は1702万2017エネルか。ふーむ……新しい船を買うのもアリだな？

「何か考えている顔ね？」

「うん、俺の資産が1700万エネルを超えてな。ここらで母艦を買うのも一手だな、と」

「母艦、ですか？」

「小型船の発着艦機能を持つ大型艦よ。大型のカーゴも積んでるから、私達だけである程度輸送任務とかもこなせるようになるわね。でも、1700万じゃそんなにグレードの高い船は買えないでしょ？　改装費なんかも合わせると倍は欲しいわよ？」

「そうだよなぁ……うーん、もう少し金を貯《た》めなきゃダメだな。1700万じゃ中途半端だ」

「1700万エネルって、普通はかなり現実味の薄い金額なんですけど……」

「船を売り買いする傭兵からしてもまぁ大金だけど、これくらいならまだ小金持ちレベルよね？」

「小金持ちレベルだな」

「金銭感覚が違いすぎます……」

ミミが頭を抱える。ミミが今回貰った1万3000エネルも、軍の一等准尉の月給が4000エネルと考えれば破格の金額なんだろうな。稼ぎの0・5％でも一般的に高給取りである軍人よりも遥《はる》かに高い分け前なのだ。

「とりあえず、次はミミがおすすめのリゾート星系に行くとするか。そこでの稼ぎ次第で船を購入するかどうかを検討しよう。稼ぐなら母船があったほうが圧倒的に稼げるからなぁ」

目的の星系行きの荷物を運ぶだけで何十万、何百万と稼げる上に、船を狙《ねら》った宙賊まで狩ることができる。一石二鳥で稼げるから投資したとしても随分とお得なのだ。母船をやられないだけの腕さえあれば、の話だが。

「混乱も若干落ち着いてきていると思うし、補給を済ませたら早速移動しようか」

「はい！」

「わかったわ」

早速ミミがタブレットを手に艦内の備品をチェックし始め、エルマは副操縦士のコンソールを操作して艦のセルフチェックを始める。俺は二人に発艦準備を任せて先日活躍したパワーアーマーのチェックだ。いざという時に動かなかったら目も当てられないからな。

こうして俺達は次の恒星系に向かうべく着々と準備を進めるのであった。

#10：めんどくさいけどかわいい少佐

「逃しませんよ」

「Ｏｈ……」

準備を始めて三日後。食料品やその他備品の手配もほぼ終わり、艦とパワーアーマーの整備も完了して、さぁ後は出発するだけ！　という段階でセレナ少佐がクリシュナに乗り込んできた。私服姿で。

「あーあー困りますお客様。お客様お客様お客様。あー、お客様。困りますお客様。あー」

「なんですかその感情の籠《こ》もっていない対応は⁉　ちょ、ぐいぐい押さないでくださいっ！　不敬！　不敬ですよ！　私はホールズ侯爵令嬢ですよ⁉」

「ちっ、めんどくせぇなぁ」

「舌打ち⁉　めんどくさい⁉」

俺の本音にセレナ少佐が口をあんぐりと開けて愕然《がくぜん》とした表情をする。お？　なんだ？　貴族特権を振りかざして斬り捨て御免でもするか？

「あの、ヒロ様……その対応はいかがなものかと」

「恐れ知らずにも程がある……」

セレナ少佐に対する俺の対応を見たミミがちょっと顔を青くしながら俺を諌《いさ》め、エルマは手で顔を覆って天を仰いでいる。いやいや、良いんだよこれで。お貴族様だかなんだか知らんが、このクリシュナは俺の船だ。船の中では俺が王様なのだ。

「なんなんすかねぇ？　強引な勧誘とかはもうしないって約束じゃありませんでしたっけ？」

「うぐっ……そ、それはそうですけど」

「けどぉ？」

「ズルいじゃないですか！　私がこんなに忙しいのに貴方《あなた》達だけシエラ星系でリゾート三昧《ざんまい》だなんて！　ズルいですよ！」

セレナ少佐がビシィッ！　と俺を指差して声を張り上げる。なるほど。

「なんだこのめんどくさい女」

というか俺達がシエラ星系に向かうってどこで知ったんだよ。怖っ。

「またあんどくさいって言った!?」

ガーンと擬音がつきそうな表情をしているセレナ少佐を無視して溜息《ためいき》を吐《つ》く。だって面倒くさいを言う他ないじゃないか。出発しようかというタイミングを見計らって邪魔しに来るとかそれ以外にどう表現しろと？

「なんというか、ヒロにしては辛辣《しんらつ》な対応ね。あんたって女には結構優しい対応するのに」

「軍のお偉いさんってだけならまぁいいけど、侯爵令嬢だからなぁ。下手《へた》に優しくして懐かれても困るし？」

「なつっ……!?　私は愛玩《あいがん》動物の類ではありませんのですけれどっ!?」

「……逆効果じゃないでしょうか」

怒りのあまりか口調が崩れ始めるセレナ少佐と、その様子を見ながら不穏なことを呟《つぶや》くミミ。おいおいやめろよ、こんな辛辣な塩対応されて余計懐くなんてことがあるわけがないだろう？　ないよな？

「それで、結局のところなんなんです？　俺達はこれからシエラ星系に移動してバ・カ・ン・スがてら宙賊退治をして過ごす予定なんですがねぇ」

「それはですね……そう、不謹慎だと思います」

「不謹慎？」

「そうです。今、アレインテルティウスコロニーは先日のバイオテロで大きな被害を受け、沢山の人が亡くなりました。そんな中でリゾート地でバカンスを楽しむなどというのは不謹慎ではありませんか？」

「なるほど」

「ふふふ、わかってくれましたか。ではもう少しここに滞在して――」

「俺達には関係ないんで。さぁさぁ俺達はシエラ星系に行くんで邪魔なんで出てってください。というかそれをネタに俺達を引き留めようとするほうがよっぽど不謹慎だと思います」

「あーっ！　あーっ！　だめですよ！　だめですよ！　嫁入り前の貴族の娘に男が触れるなんてだめですよ！　あーっ！　無礼討ちです無礼討ち！　斬り捨て御免ですよ！」

「なんだこいつめんどくせぇ⁉　素面《しらふ》なのに酔っ払ってんのか⁉」

ぐいぐいと押して食堂からセレナ少佐を追い出そうとするが、セレナ少佐も食堂の出入り口ドアで四肢を突っ張って全力で抵抗する。くそっ、誰かパワーアーマー持ってこい！　このじゃじゃ馬を船の外に放り出してやる！

「ああもう……二人とも落ち着きなさい。どうどう」

エルマが俺とセレナ少佐の間に入って両者を引き離しにかかってくる。ここで抵抗しても仕方ないので、俺は言外にお手上げだと言うために両手を挙げてから食堂の椅子に座り込んだ。そんな俺の隣の席にミミが座り、エルマに連れられたセレナ少佐が俺の対面に座る。エルマはその隣だ。

「で、もう一回だけ聞きますけど一体何なんです？　俺達はとっととこの星系から移動したいんですが。俺達の移動の自由を侵す満足な理由を言ってくれないなら、俺は船長としてこの二人にも命じて、三人がかりでセレナ少佐を船の外に放り出しますよ」

「うぐっ……」

セレナ少佐を睨《にら》むと、彼女はあからさまに怯《ひる》んだ様子を見せた。そして俺から目を逸《そ》らしてミミやエルマにも目を向け、考え事でもするかのようななんとも言えない表情で天を仰いだ後、溜息を吐いてから誰《だれ》もいない方向に顔を背けた。

「羨《うらや》ましくって、妬《ねた》ましくて、絡みに来ただけです」

「……は？」

「だから！　羨ましくて絡みに来ただけですっ！　文句がありますか⁉」

「文句しかねぇよ⁉」

「だってズルいじゃないですか！　私が毎日毎日毎日毎日気色悪い触手生物のホロ画像を何度も何度も資料として目にして対策会議をしたり報告書を書いたりしてるのに、貴方達はリゾート地に行くだなんて！　絡んで邪魔したくもなりますよ！」

「ストレートに迷惑！　本当にただの妬みじゃねぇか！」

「やだやだズルいズルい私もリゾート地でバカンスしたい！」

「軍人としての体面も貴族としてのプライドも捨てて駄々をこね始めた⁉」

セレナ少佐がペシペシと食堂のテーブルを叩《たた》いて喚《わめ》く。一体クールで理知的な軍人の彼女はどこへ消えてしまったのか……まさかここに来る前に一杯引っ掛けてから来たんじゃあるまいな？

「つまり、単に俺達が羨ましくて邪魔をしに来たと？」

俺の質問にセレナ少佐は上目遣いで俺を見ながらコクリと頷いた。俺は彼女に微笑《ほほえ》む。彼女も笑顔を見せる。なるほどね。

「よし、放り出す」

「やぁぁぁぁぁぁ！　正直に言ったのにぃぃぃ！」

「ストレートに悪意じゃねぇか！　同情の余地もねぇよ！」

テーブルにしがみついて抵抗するセレナ少佐とそれを引《ひ》っ剥《ぱ》がそうとする俺。攻防の末、俺達の争いに終止符を打ったのはミミだった。

「あの、ちょっと良いですか？」

「なんだ？」

「あの、セレナ様もただ駄々をこねてもどうにもならないことは理解していると思うんです。ご自分の立場は誰よりも理解しておいでalong でしょうし。私服姿ということは、今日は非番なのですよね？」

「……うん」

「つまりその、セレナ様は単に息抜きというか、鬱憤《うつぷん》を晴らしたいだけじゃないかと。軍人としてのセレナ様も侯爵令嬢としてのセレナ様も無視してただのセレナ様として接してくださるヒロ様と遊びたいんですよね？」

「……」

セレナ少佐は沈黙した。この場合の沈黙とはつまりイエスということなのだろう。

「遊ぶっつったって……」

俺、困惑。一体どうしろと？　このお嬢様を街に連れ出してデートでもしろというのか？　絶対に御免だ。こいつからはなんかヤバい気配がするし。

「それじゃあここで飲みましょうか。高級なオーガニック料理は出せないけど、テツジンなら美味《おい》しい食事を作ってくれるし。飲み物だって私のお酒があるわ」

「ああ、借金を返しもしないで10万エネルも使ってクリシュナのカーゴルームを微妙に圧迫してるアレな」

たっぷりと皮肉を込めてそう言ってやると、エルマは身体《からだ》をビクリと震わせた。たまにこうして突《つ》いてやらんとこいつは借金を返しそうにないからな。

「ま、まぁそれは良いじゃない？　あ、あんただってできるだけ長く私と一緒にいたいでしょ？」

「まぁ、それはうん」

それは素直に認める。エルマは良い奴だし、美人だし、可愛《かわい》いところがあるからな。ミミは言うまでもないが。だがセレナ少佐、おめーは駄目だ。

「じゃあ、今日だけですよ。そしてまた貸し一つですからね、少佐」

「うっ……わ、わかったわよ」

どんどんセレナ少佐への貸しが増えていくな……このまま借りに借りまくって俺と関係を深めていこうという心積もりじゃないだろうな、この女。少し警戒しておくか。

「それじゃ、話も決まったところでパーっとやりましょうか。お互いの壮行会ってことで」

「はい！　実は私も通販で輸入品店から色々と新しい食べ物を買ったんですよ！　お披露目しますね！」

ミミが聞き捨てならない事を言い始めた。なんか最近カーゴが狭いと思ったらいつの間に……ミミもエルマの薫陶を受けて抜け目がなくなってきたということだろうか。強《したた》かになってきたミミの成長に胸中で複雑な思いを抱く俺なのであった。

☆★☆

「では、えー……特に思いつかねぇや、とにかくかんぱーい」

「「かんぱーい！」」

気の抜けたビールのような俺の音頭に従って女性三人がそれぞれ酒の入ったグラスを掲げ、ぶつけ合う。俺？　俺のはソフトドリンクってか例の炭酸抜きコーラだよ。

「ぷはーっ！　良いお酒ですね！」

「工場見学に行ってその場で買い付けてきたからね。お値段は少々張ったけど」

「10万エネルを少々と申すか」

「わ、わたし達傭兵《ようへい》的には端金《はしたがね》だし……？」

「貴方達の金銭感覚、おかしくない？」

「アレって何よ、アレって。そういうミミだってヒロにお風呂《ふろ》とか洗濯機とか高性能調理器とかその他諸々《もろもろ》の船内設備の刷新をねだったたって話じゃない。確か30万エネルだっけ？」

「うん、貴方もぶっ飛んでると思うわ」

「そ、そんなことないです、よ？」

女が三人集まって『姦《かしま》しい』とはよく言ったものだなぁと思う。話の種は尽きることがないようで、話題がピョンピョンとあちこちに跳ね回りながら三人の話は続いていく。彼女達の会話を司《つかさど》る部分にはジャンプドライブでも搭載しているのではなかろうか？　傍《はた》から聞いていると話題がピョンピョンしすぎてその軌跡を追っていくだけでも大変だ。

やがて彼女達の会話内容を追うことに限界を感じた俺は開き直って会話内容を追うことを放棄し、テーブルの上に広がる『輸入品』に神経を集中することに決めた。

テーブルの上には……宇宙が広がっていた。

いや、うん。比喩《ひゆ》的表現というやつだ。別に本当にテーブルの上に銀河が広がっているわけではない。珍妙な見た目の食品が沢山並んでいて目眩《めまい》がしただけだ。俺はとりあえず自分に一番近い皿の中身に集中することにする。

パスタだ。見た目はピンク色のパスタである。だ、大丈夫だ、ウゾウゾと動いたりはしていない。何をとは言わないが、想像して背筋が震えた。とりあえず、マイチョップスティックでピンク色のパスタを一本摘《つま》み上げ、仔細《しさい》に観察する。うん、パスタだ。少なくともワームの類には見えない。

とりあえず摘み上げた一本を口に運んでみる。噛《か》み潰《つぶ》しても口の中で暴れまわったりはしない。とりあえず安心だ。味は……うん、なんかウニっぽい。甘みがありつつも濃厚でなかなかこれは美味しいのではなかろうか。

口の中に広がる味を楽しんでいると、いつの間にか三人が会話をやめて俺の様子をじっと窺《うかが》っていることに気がついた。

「なんだよ？」

「それ、美味しい？」

「俺は嫌いじゃない。甘みがあって、濃厚で……なんだよその反応」

「ええと、それはその、ウーチワームという――」

「あーあー！　きこえなーい！　これはうにパスタ！　先進的な加工技術によって作られたうに味のパスタ！」

「自己欺瞞《ぎまん》が甚だしいですね」

どうしてこういうマズめなキワモノを買ってくるんだミミ！　いや、これはパスタだから。マズめでもキワモノでもないな！　パスタだから！

「まぁ、皆も食ってみろよ。美味しいよ、うにパスタ」

「いえ、わたくしはちょっと」

「わたしもいいかな」

「ええっと、私も……」

「買ってきた本人が食わないとかありえないよなぁ？」

「えっと……」

「ありえないよなぁ⁉」

「うぅ……はい」

ミミが涙目になりながらピンク色のウーチワーム——じゃなくてうにパスタを口に運ぶ。涙目でミミが口の中のものを咀嚼《そしゃく》し、次第に表情が変わってきた。

「あれ、本当に美味しいですね」

「だろ。うにパスタだと思えばなんてことはない」

「確かにそうですね。美味しいです」

皿から取り分けてうにパスタを口に運ぶ俺とミミを見てエルマとセレナ少佐が顔を見合わせる。

「じゃ、じゃあ私も挑戦してみようかな……？」

「そ、そうですね。折角用意してもらったものですし……」

エルマとセレナ少佐も戦々恐々としながらうにパスタを口に運ぶ。最初はやはり緊迫した表情をしていた二人も、口の中に広がる味わいに表情を緩めていく。

「たしかに美味しいわね、これ」

「珍味ですね……」

「ところで、この皿が俺の目の前に配膳《はいぜん》されていたことに悪意を感じるんだがどう思う？」

「た、たまたまですよ？」

「そ、そうよ？　たまたまよ、たまたま」

「君達の前に並んでいるものがあからさまに無難なものばかりに見えるんですがねぇ……？」

俺の向けるジト目にミミとエルマがだらだらと汗を垂らしながら目を逸《そ》らす。これ以上の追及はやめてやろう。追及はな。

「じゃあ次はこれいってみようか！　ミミからな！」

「えっ？」

俺の差し出した皿の中身を見てミミが変な声を出して固まる。深皿の中に入っているのはビー玉くらいの大きさの球体である。表面はツヤツヤとしていて、黒光りしながら輝いており、さながら真っ黒なビー玉といった感じの物体である。

「どうした？　全部ミミが手配した輸入品の珍味なんだろう？」

「え、えへへ……？」

ミミが誤魔化《ごまか》すかのように笑みを浮かべる。うん可愛い。だが許さない。俺は満面の笑みを浮かべたままもう一度皿を突き出した。

「う、うぅ……」

ミミが涙目になりながら震える指で黒いビー玉を掴《つか》み、口に運ぶ。そして口の中でそれを噛み潰した。

「――――」

スンッ……って感じでミミが無表情になる。え？　何その反応？　怖いんですけど？

「ど、どうなの……？」

「いや、うーん……おい、しい……？」

セレナ少佐の問いかけにミミが眉間《みけん》に皺《しわ》を寄せて首を傾《かし》げる。その微妙な反応に俺とエルマとセレナ少佐は同時に深皿の中の黒いビー玉に目を向けた。そして三人で互いの表情を見て頷《うなず》く。

「んん……？」

「うーん……？」

「なんだろう、この不思議な味は……」

甘いような、しょっぱいような、酸っぱいような不思議な味だった。なんだろう、この感覚……そう、プリンに醤油《しょうゆ》入れてうにの味とか、そういう感じの……言葉で表現ができねぇ！

「ちなみにこれは何の……いやいい言わないでくれ」

「そうしたほうが良いと思います」

ミミにこの物体の正体を聞きかけた俺はミミの悟ったような表情を見て追及するのをやめた。あれは絶対聞いたら後悔するやつだ。多分これは何かの卵だ。ミミがああいう表情をするような生物の卵だ。そっとしておこう。

「キワモノはこれくらいか？」

「そうですね。後は無難な感じに纏《まと》まっています」

前にも食べたマンガ肉っぽい燻製《くんせい》肉、見たことのない果物や、それを使ったタルト、魚のフレークのようなもの、やたらと黒い肉のジャーキー、人差し指くらいの太さの茹《ゆ》でたエビっぽいもの。

ちなみに、この人差し指くらいの大きさの茹でたエビっぽいものは黒いビー玉みたいな物体と同じくらい俺の席に近い場所に配置されている。

「いやぁ、美味《おい》しそうなエビだな！　エルマ、食ってみろよ！」

「えっ!?」

エルマの耳がビクーンと上を向く。その反応……やはりこれも何かキワモノの食材だな？

「え、えっと、ヒロを差し置いて先に食べるのはちょっと気が咎《とが》めるというか……？」

「ははは、遠慮するなよ。ほら、あーん」

「う、うぅ……」

逃さん、お前だけは……。

ちなみにエビだと思っていたものは程よく蒸し焼きにされていた芋虫めいたサムシングでした。

ミミ、なんでこんなものばっかり用意するんだよ……味はクリーミーで美味しいけどさ。

☆★☆

食品の安全性が担保されたらあとは単なる飲み会である。もっとも、俺は下戸なので酒は飲めない。

「あはははははは！」

「ひろさまぁ～……うにゅーん」

「救援に来るのが遅いとかうっさいってのよ！　こっちは宙賊の拠点をぶっ潰してゴミどもを掃除してたのよ！　自分の駐留してるコロニーくらい自分の戦力でちゃんと守りなさいよ！」

ご覧の有様だよ！　たすけて。

エルマは上機嫌で酒を浴びるように飲んでいるだけだからまぁ無害なんだけど、ミミは脱ごうとするし物理的に絡まってくるし、セレナ少佐はさっきから同じ話題の愚痴を撒《ま》き散《ち》らして気炎を上げてるし。

「まぁまぁセレナ少佐、落ち着いて……」

「貴方も貴方よ！　高性能のパワーアーマーなんか持ち出して港湾の防衛に、単独で道中のクリーチャーを殲滅《せんめつ》しながらイナガワテクノロジーの総合病院救援、それと貴方の稼いだ時間で作られた駆除用ナノマシン！　いやぁ、独立艦隊（笑）よりも傭兵のほうが頼りになりますなぁ、とか！　だから物理的に遠くに居たって言ってんでしょうが!?　というかあんたが自分の兵を上手《うま》く使えなかったんでしょうが！　そもそもあんたがちゃんとしてないからバイオテロなんか起こったんでしょうが！　ふざけんなー！」

セレナ少佐が俺の襟元を両手で掴んでがっくんがっくんと揺さぶってくる。やだこの酔っぱらい理不尽。いや、酔っぱらいだから仕方ないんだろうけども。セレナ少佐もずいぶん溜《た》まっていらっしゃるようで。

「Ｏｈ……鎮まれ、鎮まり給え」

「がるるるるる……」

唸《うな》りながらも揺さぶるのをやめてくれた。

「ってあれ？」

「……」

急に大声を出した上に俺を力いっぱい揺さぶって酔いが一気に回ったのか、セレナ少佐がテーブルに突っ伏したまま動かなくなってしまった。どうやら寝てしまったらしい。

「この人、男の船に乗り込んでるって意識ないのかね？　無防備過ぎない？」

「んふふふ、ヤっちゃう？」

「その卑猥《ひわい》なサインを今すぐやめろこのへべれけエルフめ」

エルマがニヤニヤしながら人差し指と中指の間から親指を突き出すサインをしてくる。

「ヤるなら意識のない二人よりもベロベロになってるけど意識のはっきりしてるお前だ」

「……ふぁっ⁉」

俺の宣言にエルマの顔からニヤニヤ笑いが吹き飛ぶ。ははは、いい表情だ。

その表情に満足した俺は絡みついているミミを自分の身体《からだ》から引《ひ》っ剥《ぱ》がして壁際のソファに寝かせて、突っ伏したままのセレナ少佐を抱き上げた。お姫様抱っこで。

「えっ……ほんとにヤるの？」

俺はエルマの問いかけにニヤリと笑ってみせた。


「そぉい！」


そして医務室の簡易医療ポッドにセレナ少佐をぶちこんだ。この人だけは酒の勢いで『ヤっちゃったZE☆』とかやらかすとマジで洒落《しゃれ》にならない。絶対に『責任とってくださいね（超笑顔）』からの部下兼婚約者一直線コースだ。もしかするとセレナ少佐のご両親にバレて闇《やみ》から闇に葬られるルートも有り得る。つまり何が言いたいかというと、この人は反応弾頭級の地雷だということだ。

俺は見えている地雷を踏みに行くほど恐れ知らずではない。

「あれ？　戻ってきたの？　勃《た》たなかったとか？」

「酔っ払うと品性が削げ落ちるなお前」

エルマの頭をペシッと叩《たた》いてやる。俺が戻ってくるなりしょげかえっていた表情を明るくしおってからに。可愛《かわい》い奴《やつ》め。

「むー、何よお高くとまっちゃって。私とミミに夢中なくせに。あんただって一皮《ひとかわ》剥《む》いたらケダモノじゃない」

「それは否定しない。男はいつも心の中に自分という獣を飼っているからな。それを理性っていう鎖で縛り付けておくのもなかなかに大変なものだぞ？」

「なにそれ。カッコイイこと言ってるつもり？」

「お？　なんだ？　構って欲しいのか？」

エルマが辛辣《しんらつ》な言葉をぶつけながら耳をピコピコ上下に動かしているのは自分に構って欲しい時のサインだ。わざと辛辣な言葉を叩きつけて自分に気を引こうとするとかお前小学生の男子かよ。可愛い奴め。

「わかったわかった。サシで呑《の》むか。俺は下戸だから酒は飲まねぇけど」

「ふん、おこちゃまね」

ニコニコしながらエルマが炭酸抜きコーラを俺のコップに注《つ》いでくる。

さて、じゃあ寂しがり屋の兎《うさぎ》さんにお付き合いするとしますか。

☆
★
☆

「うー……」

「調子に乗って飲み過ぎだよ、お前は」

セレナ少佐を簡易医療ポッドにぶち込んで一時間ほど。調子よくカパカパと盃《さかずき》を空け続けた我がエルフのお姫様が見事に撃沈なされていた。

俺は一時間ほど前にやったのと同じようにエルマを背負い、医務室へと移動中である。一時間もぶち込んでおけばとっくにセレナ少佐から酔いは抜けているはずだからな。セレナ少佐を起こして、入れ替わりでエルマを簡易医療ポッドにぶち込むつもりである。

医務室に入ると、簡易医療ポッドの中でスヤスヤと眠っているセレナ少佐の姿が見えた。バイタルチェックの結果は良好となっているので、簡易医療ポッドを操作して覚醒《かくせい》を促すことにする。すると、程なくしてセレナ少佐が簡易医療ポッドの中で目を覚ました。

少しの間、虚空に視線をさまよわせた後びっくりしたかのように目を見開き、勢いよく起き上がろうとして——。

「〜〜ッ!?」

ガツン、と医療ポッドのガラスのような透明な蓋《ふた》に頭を打って涙目になっていた。少佐殿、酒が抜けている筈《はず》なのにポンコツっぷりが抜けておりませぬ。少佐殿。

コンソールを操作してポッドの蓋を開けてやる。勿論《もちろん》、俺がしなくても内部から蓋を開けることはできるのだが、ポンコツ度が上昇しておられる少佐殿には難しい作業だったらしい。

「とりあえず、出てくれ。こいつを放り込むから」

「え、ええ……」

額をさすりながらセレナ少佐が簡易医療ポッドから出てくるのを見守り、入れ替わりでエルマを簡易医療ポッドに放り込む。

「ええと……?」

「少佐殿は酒を飲みまくって胸中の不平不満その他諸々《もろもろ》を穴の空いた酸素ボンベの如《ごと》く撒き散らしてお眠りになられましたので、僭越《せんえつ》ながら簡易医療ポッドにぶち込ませていただいた次第でございます」

「……」

俺の口上を聞いたセレナ少佐の顔が赤くなり、気まずげに逸《そ》らされる。まぁ気まずかろう。構ってくれ！　と相手の迷惑を顧みずに船に踏み込んで、振る舞われるがまま正体をなくすほどに酒を飲み、眠りこけて簡易医療ポッドにぶち込まれる。まともな神経をしていれば申し訳ないと思うくらいの失態だろう。

「そ、その、ごめんなさい」

「いや、たまにはこういう風に羽目を外すのも良いんじゃないですかね。随分とストレスが溜まっていらっしゃったようですし」

「うぅ……」

セレナ少佐が両手で顔を覆って俯《うつむ》く。相当効いているようだな。

「それに二度目ですし」

「うぐぅ……！」

この前も飲みすぎて同じようなことになってたしな。

「お酒に関しては自重なさるか、良い感じにしてくれるナノマシンでも導入されてはどうかと。というか、俺みたいな傭兵《ようへい》の船に乗り込んだ挙げ句、正体なくすまで呑むのは流石《さすが》にお貴族様の子女として無防備すぎやしませんかね」

こんなに技術の進んだ世界なら不可逆的に精神を良いように操作できてしまうモノの一つや二つはあるだろう。身体の自由を奪うだけなら手足の腱《けん》を切るという原始的な方法だって取れる。それに、セレナ少佐が眠りこけている間に船を出して遥《はる》か彼方に飛び去ってしまうなんて方法もある。

ベレベレム連邦にでも行ってセレナ少佐を売り払うなんてことだってやろうと思えばできてしまうだろう。セレナ少佐は若くて美人で、貴族だということで血筋も良い。大金を払ってでもその身柄を買い取り、その身体を、あるいは精神を思うがままに貪《むさぼ》りたいという輩《やから》はいるはずだ。

「反省しております」

セレナ少佐が小さくなってシュンとしている。可愛——いや待て待て、騙《だま》されるな。眼《め》の前にいるのは誰だ？　セレナ少佐だ。酔いの抜けた、正常な状態のセレナ少佐だ。彼女は俺に説教をされてシュンとしているように見えるが、本当にそうなのか？　本当にそうなのかもしれない。でも、違うかもしれない。疑ってかかるんだ、俺。

「まぁ反省していらっしゃるのであれば俺からこれ以上は言わないでおきましょう。そもそも、俺はセレナ少佐に説教できるような偉い人間でもなんでもありませんし」

壁に立てかけてあったセレナ少佐の剣を手に取り、彼女に差し出す。

「そろそろ船に戻られたほうがよろしいかと。変な噂《うわさ》を立てられては困るでしょう。お互いに」

「そ、そうですね。ええ」

剣を受け取ったセレナ少佐がいそいそと立ち上がる。

ミミはどうしたって？　ミミはエルマとの延長戦中に目を覚まして、今は食堂の片付けをしてくれているよ。結果として一番の若年者であるミミが一番自分をコントロールできているのではという。

船のハッチを開放し、タラップを降りていくセレナ少佐を見送る。その途中でセレナ少佐が振り返った。

「また会えますか？」

「少佐が宙賊を追うなら、また会うことになるでしょう。俺にとっても宙賊共はメシの種なんで。それに、貸しもありますからね」

そう考えると、俺は宙賊の命を糧として生きている人食い野郎ってことか。うーん、ある意味事実なんだが、もう少しマシな存在であると思いたい。同情の余地のある宙賊なんて存在しないわけだし。

「そうですか……そうですね。では、また」

「ええ、また」

最後にふわりとした微笑みを浮かべてからセレナ少佐は去っていった。その姿を見送ってからクリシュナの中へと戻り、溜息《ためいき》を吐く。

「また会えますか、ね」

そんなことをあんな捨てられた子犬か何かみたいな目で言われても困る。俺に一体どうしろというのか。セレナ少佐は俺が背負うには少々重すぎるんだよなぁ。

まぁ、縁があればまた会うこともあるだろう。何にせよ、出発は明日に持ち越しだな。

エピローグ

翌日。

昨日《きのう》の飲み会で浪費した物資は微々たるもの（酒はエルマの私物で、出された食べ物の大半はミミの私物であった）だったので、出発しようと思えばいつでも出発は可能だ。

昨晩は酒のせいで弱っているだろうということでお楽しみもなしだったので、俺は朝からサササッとトレーニングを済ませ、風呂《ふろ》に入ってコーヒーを飲みながら優雅に情報収集をしていた。

情報収集とは言っても別にこれから向かうリゾート星系の情報や、その道中の情報を調べているわけではない。先日の触手生物騒ぎ――バイオテロに関する情報だ。

あれから数日が経《た》ち、事件の全貌《ぜんぼう》が明らかになってきた。

例の生白い触手生物は、やはり培養肉の製造工場などで作られている生物が基になったもので、特定の条件下――つまり肥育環境から脱走した場合の自死機能を遺伝子操作で無効化し、攻撃性を高めたものであったらしい。

今回のバイオテロに関しては既にとある組織から犯行声明が出ているらしく、帝国政府はテロ組織の撲滅を帝国軍に指示したと記事には書いてある。

テロ組織の名前は人工生物保護協会。

人間の勝手な都合で生み出され、勝手な都合で殺され続ける人工生物、人工生命体の類の権利を守り、保護するために活動しているというわけのわからんやべー奴らしい。自然保護団体とか動物保護団体の未来版って感じだろうか？　あまり関わり合いになりたくない奴らだな！

あと、イナガワテクノロジーからは防衛報酬の他に高級フルーツの詰め合わせが届いた。妙に重いやつが。籠《かご》の底に高純度のレアメタルが隠してあったのとは特に関係がないけど、裁判沙汰《さいばんざた》はやめてやろうと思う。面倒だし。

「おはようございます、ヒロ様」

「おはよう」

記事を読み終わった丁度良いところでミミとエルマが食堂に入ってきた。

「おはよう、二人とも。さ、朝飯を食って次の目的地に移動しようか」

「今日は邪魔は入らないでしょうね？」

「流石にセレナ少佐も二日連続では……」

エルマの言葉にミミが苦笑いを浮かべる。ミミの中でセレナ少佐は『そういう枠』の人間として認識されたようである。そういう枠っていうのはつまりアレだ。トラブルメーカーとかそういうアレだ。

「まぁ、大丈夫だと思うけど急ぐ旅でもないしな。一日二日は誤差だよ、誤差」

それだけ滞在費もかかるわけだが、１７００万エネルもあると多少のことでは動じない。無理矢理日本円に換算すると17億円相当だもの。

「それよりもメシだメシ。今日のシェフおまかせメニューは何かなー」

「お腹《なか》が空《す》いているので、私はガッツリとしたものが食べたいです」

「私は軽くでいいわ。朝はあんまり食欲がないのよね」

ワイワイとやりながら賑《にぎ》やかに朝食を摂り始める。

新天地へと向かう朝。そんな朝でも変わらず、俺達はいつも通りの日常を過ごすのだった。

☆★☆

「よし、行くか。ミミ、発艦申請を」

朝食を摂り終えた俺達は早速次なる目的地であるシエラ星系——リゾート惑星のある星系への移動を開始することにした。このアレイン星系では暫《しばら》くの間セレナ少佐の率いる対宙賊独立艦隊が積極的に宙賊を狩ることになるだろうから、俺達としては旨味《うまみ》が少ないのだ。ただでさえ宙賊基地をぶっ潰《つぶ》して少なくなっている宙賊を彼女と取り合うのはあまりに効率が悪い。

「了解です！」

「エルマはいつも通り頼むぞ」

「了解、サブシステムの掌握は任せて」

艦の状態はオールグリーンだ。艦のＡＩによるセルフチェックに問題は一つも見当たらない。

「発艦許可、降りました」

「よし、出るぞ」

ハンガーベイとのドッキングを解除し、ランディングギアを格納してコロニー内をゆっくりと移動する。ここで変にスピードを出して他の船にぶつけでもしたら怒られるだけじゃ済まないからな。

下手《へた》すると連鎖的に他の船とも玉突き事故を起こして爆発四散、自分の船の修理費だけでなく他の船の修理費やコロニーの修理費、賠償金その他諸々《もろもろ》で一気に破産しかねない。

「ええと、ゲート通過の順番は三番ですね。あの黄色い輸送船の次です」

「了解」

コロニーの中と外を隔てる狭いゲートに船が殺到したりした日には大惨事確定なので、こういった交通量の多いコロニーの場合はゲートを出るのにも順番が割り振られる。三番目ならまぁ空いているほうだな。

「次ですね」

「ああ。とりあえず、コロニーを出るまでは安全運転で行くぞ」

「はい」

「ゲート近辺での事故は洒落《しゃれ》にならないからね……」

エルマが遠い目をする。巻き込まれたことでもあるのかもしれない。コロニー内では他の船と干渉する可能性があるからシールドの出力も最低限に落とさなきゃならないからなぁ。

程なくして黄色い宇宙船が外に出ていったので、次は俺達の番だ。

「ヒロ様、行けます」

「ああ」

ゆっくりと船を進ませてコロニー内と宇宙空間を隔てる気密シールドを通過する。船体は通すが、空気は通さない上に気圧も保つ謎バリアーだ。これは地味に一番不思議な装置だと思う。

気密シールドを通過したらあとは無限に広がる宇宙空間だ。一気にジェネレーターの出力を上げて加速し、コロニーから離れる。

「ミミ、ナビを設定してくれ」

「はい、航路を設定します」

ミミがオペレーター席でコンソールを操作し、目標の恒星系へのナビゲーションが開始される。俺は画面の表示に従い。目標に設定された恒星へと艦首を向けた。

「超光速ドライブ、チャージ開始」

「了解。超光速ドライブ、カウントダウン」

俺の指示に従ってエルマが超光速ドライブのチャージを開始する。

「5、4、3、2、1……超光速ドライブ起動」

ドォンと爆音のような音が鳴り、クリシュナが光を置き去りにして走り出した。星々がやにわに動き始める。

「目標、パモニ星系……最終目的地のシエラ星系はレーンの四つ先か。よし、ハイパードライブチャージ開始」

「ハイパードライブチャージ開始」

「ハイパーレーンへの接続成功」

「カウントダウン、5、4、3、2、1——ハイパードライブ起動」

空間が歪《ゆが》み、光が歪曲《わいきょく》する。その次の瞬間、極彩色の光が視界を埋め尽くし、クリシュナはハイパースペースへと突入した。俺達の乗った小さな船は、ごうごうと流れる光の奔流の中を進み始める。実際にはごうごうと音は鳴ってないんだけどな。

「さて、それじゃあ暫くはゆっくりできるな」

基本的にハイパースペースでの航行はオートパイロットで運行する。航行時間も長いし、ハイパーレーンの『流れ』から外れないように緩やかに艦首を流れの方向に向け続けるだけだからな。念のためにオートパイロットによる航行に不具合が起きていないか見張る要員は一人置くようにするのが船乗りの慣例であるらしい。これはエルマに聞いたことだけど。

SOLでは星系から星系へのハイパードライブ航行に何十時間とかかかることはなかったからな……星系間の移動にそんなに時間がかかっていたら完全にクソゲーだ。基本的にハイパードライブ起動、ハイパーレーンに突入、ドーン！　到着！　みたいな感じだったからな。

「さて、見張りはどうするよ」

「あの、実際のところ見張りって必要なんでしょうか？」

前までから疑問に思っていたのか、ミミが首を傾《かし》げる。

「どうなんだろうな。俺もエルマに言われてじゃあやるか、って感じで決めたから理論的に必要性を説明することはできないな。正直に言えば俺も疑問には思っている。オートパイロットには予定外の挙動をした時に誤差を修正する機構も完備されているようだし、なんならアラームも発生するし」

そう言って俺はエルマに視線を向ける。俺とミミに疑問を投げかけられたエルマは一つ頷《うなず》いてから口を開いた。

「うん、アレは嘘《うそ》よ」

「えっ」

「なんですと」

「だってその、これだけ長い時間、特にやることもなく暇となると……ね？　二人きりになれる時間があったほうが良いじゃない」

エルマはそう言って俺達から顔を逸《そ》らし、明後日《あさって》の方向に視線を向けた。なるほど。

「じゃあ、今回からは見張りはナシってことで」

「ちょ、ちょっと……」

「分別を弁《わきま》えて行動すれば良いだけの話だろう。そのために無駄にシフトを組んだり、睡眠不足になるのはあまりにも馬鹿馬鹿しいよ」

「そ、それはそうかもしれないけど」

「爛《ただ》れた生活を送るのも悪くないと思うし」

「それが本音でしょ？」

エルマがジト目を向けてくる。そりゃ男のロマンですしおすし。まぁ、交代制でコックピット番をしている時でも割と爛れた生活を送っていたんだしあんまり変わらないんじゃないかな。さして広くない船の中で何十時間……下手すると百時間以上も缶詰になるんだ。

勿論《もちろん》ハイパードライブ中にはネットワークは繋《つな》がらないからネットで情報集めなんかもできないので、予《あらかじ》め暇つぶし用のホロ動画だのゲームだの電子書籍だのを用意しておかなければトレーニングルームで身体《からだ》を動かして、飯食って、風呂入って、寝るくらいしかやることがないのだ。

基本的にめっちゃ暇なのである。そんな中で、互いに身も心も許し合っている男女がやることなんて決まっているわけです。娯楽の少ない時代は子沢山の家が多かったというのも頷ける話だよな。

「よーし、それじゃ解散解散。船長として各員に自由時間を認める」

「わかりました」

「えぇ……もう、ほんとにあんたは……」

「まぁ、そこそこ長い旅路なわけだしのんびり行こう。ミミ、シエラ星系の観光案内みたいなものとかあるか？」

「はい、あります！」

「じゃあ食堂で皆で見ようぜ。リゾート惑星ってのに興味があるんだよ。ほら、エルマも行くぞ」

「ちょちょ、ちょっと！　押さないでったら！」

エルマの背中を押し、連れ立って食堂へと向かう。邪魔するものは何もないんだから精々ゆっくりのんびりするとしよう。アレイン星系ではなんだかんだいってあまりのんびりできなかったからな。

あとがき

『目覚めたら最強装備と宇宙船持ちだったので、一戸建て目指して傭兵《ようへい》として自由に生きたい』の二巻を手に取っていただきありがとうございます。

どうも、リュートです。寒くなってきましたね。クマらしく冬眠したいですが、世の中そうは問屋が卸しません。世知辛いなぁ……！

さて、二巻です。二巻ですよ！　やったぜ。

コミックウォーカー様でコミカライズも始まりました！　松井俊壱《しゅんいち》さんの描くクリシュナやコロニー、魅力的なヒロイン達……是非ご覧になってください。ヒロイン達よりもメカが先に来るのは一種の性癖ですね、ええ。本当に素晴らしいのですよ。

さぁ、その他作者の近況などにはきっと興味も無いでしょうから、早速小説の話をしましょう！

作者はお犬様と一緒に慎ましく暮らしております。はい。

では第二回目、作中では語られないちょっとした設定を語るコーナー！

今回は人間以外の異星種族についてお話をします。本巻でもチラリと出てきていますが、当小説の舞台となっている宇宙には人間以外にも多種多様な異星人が存在します。

代表的なのがヒロインの一人でもあるエルマの種族、つまりエルフですね。彼らもまた技術発展の末に自らの住む居住惑星から飛び出し、恒星間航行技術を独自に獲得した種族です。

他には矮躯《わいく》ながらも頑健な肉体で、器用な手先を持つドワーフや、爬虫《はちゅう》類《るい》系の生物から進化したレプティリアン——わかりやすく言えばリザードマンなども存在しますし、二足歩行する獣のような種族であるセリアンスロープ——つまり獣人も存在します。猫耳ウサ耳がついた人間みたいなのから、チュー○ッカみたいな全身モフモフなお方まで様々です。

他にも人型、つまりヒューマノイドタイプではない異星人も存在します。例えばクラゲ型の異星人ですとか、触手型の異星人ですとか、植物型の異星人ですとか、本当にいっぱいいます。もしかしたら桃色暴食ボールとかもいるかも知れません。やべぇ。

そのうちそれらの種族とも異文化交流をしていく話を書いていきたいですね。折角の広い宇宙なのですから、ヒューマノイドばかりを相手にするのもつまらないです。彼らの異文化にドン引きしながら、こちらの文化で彼らをドン引きさせてみたい。広げよう、ストライクゾーン。


さて、名残惜しいですが……今回はこの辺りで失礼させていただきます！

担当のKさん、イラストを担当してくださった鍋島《なべしま》テツヒロさん、本巻の発行に関わってくださった皆様、そして何より本巻を手に取ってくださった読者の皆様に厚く御礼申し上げます。

次は三巻でお会いしましょう！　出ろ、三巻！　それでは！

リュート

カドカワBOOKS

目覚《めざ》めたら最強装備《さいきょうそうび》と宇宙船持《うちゅうせんも》ちだったので、一戸建《いっこだ》て目指《めざ》して傭兵《ようへい》として自由《じゆう》に生《い》きたい 2

2020年1月10日　初版発行
2022年4月25日　3版発行

著者／リュート

発行者／青柳昌行

発行／株式会社KADOKAWA

〒102-8177
東京都千代田区富士見2-13-3
電話／0570-002-301（ナビダイヤル）

編集／カドカワBOOKS編集部

印刷所／大日本印刷

製本所／大日本印刷

●お問い合わせ
https://www.kadokawa.co.jp/（「お問い合わせ」へお進みください）
※内容によっては、お答えできない場合があります。
※サポートは日本国内のみとさせていただきます。
※Japanese text only

Printed in Japan
ISBN 978-4-04-073452-1 C0093